张文宝 ● 著

连云小镇

『新实力』中国当代散文名家书系

河北出版传媒集团
花山文艺出版社

图书在版编目（CIP）数据

连云小镇/张文宝著.—石家庄：花山文艺出版社，2015.11（2020.5重印）
 ISBN 978-7-5511-2538-3

Ⅰ.①连… Ⅱ.①张… Ⅲ.①散文集－中国－当代②中篇小说－小说集－中国－当代③短篇小说－小说集－中国－当代 Ⅳ.①I217.2

中国版本图书馆CIP数据核字（2015）第251613号

书　　名：	连云小镇	
著　　者：	张文宝	

责任编辑：刘燕军
责任校对：李　伟
美术编辑：胡彤亮
出版发行：花山文艺出版社（邮政编码：050061）
　　　　　（河北省石家庄市友谊北大街330号）
销售热线：0311-88643221/29/31/32/26
传　　真：0311-88643225
印　　刷：三河市华东印刷有限公司
经　　销：新华书店
开　　本：650×940　1/16
印　　张：13.25
字　　数：170千字
版　　次：2016年1月第1版
　　　　　2020年5月第3次印刷
书　　号：ISBN 978-7-5511-2538-3
定　　价：26.00元

（版权所有　翻印必究·印装有误　负责调换）

目录

【上篇　海之灯】

002　一万年前的大平原

005　大海生的小镇

008　父亲与小镇成了拆不开的影子

012　女人芬芳

015　送上来的一只鲸

018　海的想象力

020　活着的绝唱

022　女孩子们头上落满雪花

025　螃蟹上吃出来的海

032　淤滩上涨潮了

037　海鸥与鲨鱼

043　四月四，钓蟹子

049　灯　鱼

054　像草绳子一样的蛇

060　果园里的月光

064　海蛎上的花瓣

067　太阳从大海上升起

069　生命的瞬间与永恒

【下篇　海之吻】

084　石板桥

086　灾星与狐仙

117　吃　水

120　青　苔

122　对　弈

125　开水茶

127　开　门

131　香　火

139　大　桅

142　鬼叫的声音

145　犀牛角

151　打山洞的叔父

153　孙老头与他的狗

162　黑色的小河

175　在漆黑的大山里

184　青青的山，清清的海

196　离不开的海

203　跋：乡愁的鲜花

上篇
海之灯

一万年前的大平原

童年过去了，才感到那海一直在喊我，温情地看着我，并感到人的一生中童年的真实，才感到真实地活着是多么珍贵。

胶辽古陆南端的连云港云台山是江苏最大的一条山系，自西南向东北形成排列有序的群山海岛，每条山脉之间都隔着一条海峡，从远海处看仿佛是条大船静泊于海上，最高的山峰像大船上的桅杆。云台山的大桅在南云台山上，玉女峰海拔624.4米，是全省最高山峰，站在上面，两眼能眺过大小山峰，看见雪浪点点迤逦多姿的海岸线。

我的童年故事发生在海边。这海边在北云台山下。这山体平均坡度30度以上。自然界也不公平，按理说，北坡背阴日照少、海风凛冽残酷，应该土薄草衰，一片凄清，可它偏偏土壤肥厚，草木茂盛。北坡陡峭，从连云港东侧的红石嘴延伸至平山，群峰兀立，拔地而起，宛若一道长达十几公里的海岸围屏，巍峨壮烈，葱茏生翠。南坡面朝太阳，雨露润泽，却一点儿不争气，土瘦草败，低声下气，不成气候。

北云台山原来是海中岛屿，四面环海，北与东西连岛相邻，过去那叫鹰游山，东傍一望无际的大海。西与陆地连接。江苏仅有的40公里基岩海岸全部分布在这里，这儿就占有黄金的一席之地。

北云台山是连云港港口的依托，没有北云台山便没有连云港港口。北云台山的大桅在港口正南,最高的山头称呼是大桅尖,向西依次两座高耸的山峰呼为二桅尖和三桅尖。三座山峰临海拔地而起,气势磅礴,雄风烈烈,像一只跋涉挺进的骆驼,又像云台山这只大船上三根顶天立地的大桅杆。大桅尖最高,海拔605.4米,是云台山第二高峰;二桅尖海拔503.7米;三桅尖海拔435.4米。三座山峰像三个亲兄弟,相距不远,相依相偎,朝夕相伴。山能有名字,就有文化,就会有一个故事。大桅尖说是大海边上的张家父子托举起来的。这一天,张家父子又出海捕鱼,准备多挣些钱,给儿子说亲事下聘礼。到了海里,他俩网网有鱼,还是大鱼。父子俩满心欢喜,天黑了还不肯收网。海上天气说变就变。天刚黑,海上就刮起了大风,大浪把张家父子的船冲向岸边,连舵都把不住。离岸二三十里的时候,陡然"咔嚓"一声响,船底撞上了暗礁,破了个洞,呼呼进水,船往下沉。张家父子抱住一块破船板,准备逃身。父亲突然说道:"我们一走了事,可日后别人来捕鱼,不是还会遭殃吗?"于是他俩没有走。父亲潜入水底看了看,又钻出水面,说:"我们船的大桅尖离水面不到一人高。我们钻到船底,把它顶起来,大桅尖露出水面,过往的渔船见了,就不会过来了。"儿子答应了父亲。父子俩潜入水底,把船托了起来。从此,大桅尖高高露出水面,救了无数过往船只。

三桅尖下北坡是连云镇,这是一个小镇。全镇都在山的北坡上,靠海吃海,靠港吃港。1933年连云港筑港前,这里是一处人迹罕至的山间小渔村,山高林深,鱼多虾多,渔民除了打鱼养活自己,还烧烤木炭,所以有人喊这里"老窑"。还有人说,这里曾是关押犯人的地方,叫"牢窑"。

没有小镇海峡对面的东西连岛,不会有小镇的,更不会有港口的存在。东西连岛是一道固若金汤的挡风阻浪的天然屏障。

我经常站在家门口,瞪大眼睛,眺望东西连岛,想知道上面有些什么，人是什么样子，那好奇的心情活像要知道神秘的宝岛台湾一样。为了能够看清楚东西连岛，我听信人话，说厚实的玻璃瓶底像望远镜，能够望得很远，就拣了一块放在眼前朝岛上望，可什么也没有望到。

东西连岛高 300 米以上，是泰山余脉在海州湾中的延伸部分，系震旦纪片麻岩类构成的剥蚀山地。南坡岩石裸露，稀土疏草，只长有很少的赤松、黑松，矮小的杂木、扫帚竹。北坡的景象焕然一新，像是在热带雨林里一样，林林总总、数不清的各种草木藤蔓竞相生长，虬枝阔叶，缤纷万状，露出蓬勃的生命力。

东西两岛若断若连，潮涨两岛断开，潮落两岛相连。岛四周悬崖峭壁，崖前水深 3～5 米；海岸线布满大大小小的海蚀洞。

谁能想到，这片大海和山脉保守着一个秘密，一万年以前，这里不是大海，是坦荡的大平原，直抵达日本列岛。那是地球十万年前进入迄今为止的最后一次冰期，这段寒冷的岁月持续到一万年前才结束。随着末次盛冰期的来临，北半球的欧亚大陆及北美大陆成了冰川的中心，海洋面积收缩，海平面下降，今日的渤海、黄海和东海全部消失，成为陆地，连云港、上海和香港变成内陆。

大海生的小镇

冰川的隐退有了大海。

我在北云台山上亲见过冰川消融过程中造就的一个个冰臼。冰川学者韩同林发现崂山曾经披冰挂雪，冰川纵横。连云港紧贴崂山，云台山难道不会冰魂雪魄，一片粉妆玉琢的晶莹世界？

这片大海在这儿波涛汹涌、浪花飞溅几万年后生了小镇。小镇现在仅仅才几十岁。

我是大海生的，又是小镇生的。

小镇敬畏大海。大海令小镇冬季寒冷干燥，夏季温暖湿润。

我对大海好奇时，又是喜欢又是害怕。

大海是蓝色的，透明得像玻璃一样。小镇的海，我的黄海，是黄色的，古黄河在苏北滨海县注入大海，携带稠稠的泥沙，把茫茫苍苍的海水变成了黄色。

小镇的海滩大都是成片的淤泥，深的约五六米，其间海湾里也有沙滩，细白的沙子，间有砾石、贝壳、碎玻璃等粗碎屑。

没有不息的浪不会叫大海，没有扑岸的涛声不会有大海。

小镇的黄海分成南北两部分。小镇的北边是北黄海，南边的是南黄海。黄海以北中央略偏东处，有一处狭长的水下洼地（亦称黄海槽），深度自南向北逐渐变浅。洼地东面地势较陡，西面较平缓。北黄海海底，分布着大片呈东北走向的潮流脊，这是由于此处潮差大、潮流急，致使海底沙滩在潮流冲刷下形成与潮流平行的"潮流脊"。南黄海两侧，分布有宽广的水下阶地。西侧比较完整，东侧受到切割，分布的深度不一致。海底还发育着大型潮流脊群，这是在古黄河和古长江复合三角洲的基础上，经潮流的长期冲刷塑造而成的。经过小镇的苏北沿岸潮流脊群南北长约200公里，东西宽约90公里，由70多个大小沙体组成。

北部风浪多，南部涌浪多。从九月到来年四月，北部多西北浪或北浪，南部常出现北浪。六月到八月，北部一波接一波的东南浪或南浪撞向岸边，南部的南浪也不是省油的灯，一浪赶一浪呜呜地号叫着。风浪秋冬两季让人心惊悸，浪高能达到2～6米；当滚滚的大寒潮过来时，惊心动魄，浪高飞达3～8米。春、夏季风浪柔情了不少，一般为0.4～1.2米。我见过台风过境，大海像一锅沸沸扬扬的开水，波澜翻腾如龙，浪花暴跳如雷，浪高有6～8米多，似乎要冲上小镇，毁灭世界，我简直忧心忡忡地不敢去看。小镇的涌浪，夏、秋季大于冬季，浪高一般多为0.1～1.2米，遭台风侵袭时，能出现2～6米的涌浪。

黄海的生物区属于北太平洋暖温带。

小镇前边是海州湾渔场，游泳动物中的鱼有300多种。主要经济鱼类是小黄鱼、带鱼、鲐鱼、鲅鱼、黄姑鱼、鳓鱼、太平洋鲱鱼、鲳鱼、鳕鱼等。还有金乌贼、枪乌贼等头足类和鲸类中的小鳁鲸、长须鲸和虎鲸。浮游生物，以温带种占优势。一年内大量出现是春、秋季两次高峰。最主要的浮游生物是中国毛虾、太平洋磷虾和海蜇等。在黄海沿岸浅水区，底栖动物在数量上占优势的主要是广温性低盐种。在黄海冷水团所在的深水区内，以北方真蛇尾为主的北温带冷水种群落所盘踞。底栖动物可供食用的种类，最重要的是软体动物和甲壳类。经济贝类主要有牡蛎、贻贝、蚶、蛤、扇贝和鲍等。经济虾、蟹资源有对虾（中国对虾）、鹰爪虾、新对虾、褐虾和三疣梭子蟹。棘皮动物刺参也很多。黄海的底栖植物可划分为东、西两部分，也以暖温带种为主。西部冬、春季出现个别亚寒带优势种；夏、秋季还出现一些热带性优势种。底栖植物资源主要是海带、紫菜和石花菜等。

每每站在海边，大海带给小镇的生命让我感动，带给的自由让我挣脱了现实生活的层叠捆绑，一下置身于几百年、几千年前的现场，看到滔滔已逝的时间长流之上的万千生命。

父亲与小镇成了拆不开的影子

我的父亲就是小镇。

也许,没有我的父亲就没有小镇。小镇与我父亲有着千丝万缕的联系,像每一根毛细血管紧紧依附在人的身上,没有法子剥离开。父亲刚到小镇上,小镇还没有一个真实的名字,这里没有港口,没有青石板马路,没有一座座建筑和街巷。父亲只是看到小镇周围光秃秃的高山和面前一片浑浊的大海,沙滩上乌七八糟,有死鱼烂虾散发着的腥臭味。海水泼湿了父亲的脚,让他留在这人烟稀少的地方,成了现在的小镇。

小镇30里外有一个山湾,今天叫朝阳乡西山村,这是父亲的出生地,也就是我的老家。父亲16岁时,他父亲病了,据说患的是痨病,那个时代说起这个病还了得啊,谈虎色变,得上身了只能眼睁睁地等着死。父亲的父亲依照高人指点,吃了不少铁矿渣,病没有治好,人死了。当时父亲的父亲只有36岁。父亲成了一家扛"大梁"的人,他或许听到了海的唤声,担着一张席子、两床破棉被,带着母亲和三个妹妹、一个弟弟离开家乡,来到海边小镇。

父亲年纪还小,弱小的他和母亲支撑不起一个家,就把两个大妹妹送人家做童养媳、一个小妹卖了人家。父亲背着四岁的小妹到十几里外的墟沟,小妹好像知道自己要被卖给人家,哭哭啼啼不愿离开哥哥。我父亲放下小妹,湿着眼睛说:"哥哥不离开,去买糖球给你吃。"

小妹转啼为笑时,父亲偷偷地跑了。

父亲是苦难的,小镇是苦难的,大海知道这一点。

大海是苦难的缔造者,也是破解苦难的钥匙。苦难就像刀子,握住刀柄就可以为人类服务,拿住刀刃就会割破手。

人生和城池离不开苦难。

有这么一个故事可以启示人的心智:一个小孩在草地上发现了一个蛹,他把蛹捡回了家,想看看蛹如何羽化成一只美丽的大蝴蝶。他耐心地等待着。没过几天,蛹上裂开了一道小缝,蝴蝶在里面挣扎了好几个小时,却一直出不来,身体似乎被什么东西卡住了。小男孩看着,心里不忍,便想助它一臂之力,拿来一把剪刀,剪开了蛹,使蝴蝶破蛹而出。然而,这只蝴蝶身体臃肿,翅膀干瘦无力,根本飞不起来,小男孩的希望落空了。没过多久,那只蝴蝶死了。

蝴蝶为什么会死去?因为它失去了成长必需的过程。蝴蝶的成长,必须经过在蛹中痛苦地挣扎,直至双翅健壮才破蛹而出、获得新生。

大海给了小镇如山般的高度,在苦难中实现自我。

大海过滤了父亲的苦难,活着,就会翻盘。

苦难是白昼来临前的黑夜,终究会过去的。贫瘠的苦难一过去,小镇破蛹而出、获得新生,海边有了小码头,山坡上有了一栋栋房屋:果城里、十三道房、上海大旅社等等。

父亲从山洞里挑来石头,在山坡上垒出一个窄小的遮风挡雨的家。

高耸的火车站大楼向着大海,是港口的标志,是小镇的标志,更是大海的标志。

火车站大楼上有父亲挑来的砖,它是用父亲挑来的砖头盖起来的。父亲没有想到，自己盖的大楼会成为囚禁自己的水牢。日本人把父亲关在火车站大楼地下室的水牢里，准备送往满洲做劳工。去满洲的火车就要启动了，父亲的母亲在火车站大楼里撒着玻璃碴的地上双膝着地跪了一天，泪水流成了河，恳求日本人开恩，放了她的儿子，给一条活路。火车喷吐着白雾，狠心地抛下昏厥过去的母亲，带着我父亲向寒风肃杀的远方奔去。

纯粹是阴差阳错，突然间发生的一件事情，半途中，父亲被赶下火车，又回到小镇。

父亲乍进小镇，既陌生又亲切，似乎离开这里有了一千年似的。

有了妻子后的父亲，苦难还是与他相伴相随。

国民党军队抓壮丁，父亲与一群青壮年躲藏到码头上废弃的皮带机坑道里。我母亲给他送饭，坑道里的铁梯子又高又陡，母亲不小心跌了下去，受了重伤……

父亲怎能忘怀母亲，怎能忘却她为他经历过的一件件苦难呀！

苦难让人柔韧。

苦难使小镇沧桑。

苦难令大海热爱万类生命。

父亲破蛹而出、获得新生。他把小镇上最美丽的风景送给了母亲。

大年除夕，天将要黑的时候，家家户户贴年画、贴春联。我家没买年画，房里缺了不少喜庆的氛围。父亲在房里上上下下一看，笑道："这好办。"他拿起镰刀、扁担和绳子上山去。我和家人都纳闷，父亲这时候上山干吗，去拾草？家里又不缺柴火。时间不长，父亲担着落了叶子长满红果的藤萝回来了，他别出心裁地把它们巧妙地布置在房厅墙壁上，新颖、别致，像一幅山水画，耐人寻味。邻里大人小孩都跑来看后，说漂亮，为父亲的想象力感到惊奇。父亲兴奋地说："这是送给孩子妈的新年礼物。"

父亲在小镇最高的山坡上修建了三间瓦房，凭窗看海。这是父亲自己劈石挑土盖起来的。父亲说："我不能亏欠了孩子妈，一定要给她住上能看到海上日出的新瓦房。"

父亲与母亲成了拆不开的影子。

父亲与小镇成了拆不开的影子。

有母亲，才有父亲；有父亲，才有小镇。我是这样认为的，也是这样感觉的。

女人芬芳

也许，母亲见过玉兰花开放，并且采摘过，感动地嗅过它的芬芳，但她一点儿都不知道它叫玉兰花。

玉兰花的姿态和容貌高雅得像是天上飘浮的一朵朵白云，与一个不识字、经常穿着打补丁衣服的母亲原本无论如何也联系不到一起，只因它如同雪一样洁白无瑕、晶莹剔透、粉妆玉琢，与栀子花一模一样的缘故才联系到一起。

母亲喜爱栀子花。我们小镇上几乎家家都有栀子树，我家院子里有一株蓬蓬勃勃、欣欣向荣的栀子树，我还没有见过比我家大的栀子树。每到五月，开放的一朵朵碗口大的花儿，像白雪披挂满树上，遮得看不到绿叶，闹得院里院外香气弥漫，蜜蜂翩飞，大人小孩欢声笑语，走路劲抖抖的。

我们兄弟三人，没有姐妹，一家五口人，只有母亲一位女性，我们像巴望春节快快来到一样地盼望栀子花早早开放。栀子树一结上青嫩嫩的菁葵，就成了母亲的心事，她最忙碌、最累、最烦心，每天还都留心着花菁葵长的大小，看是不是露出一丝白色，鼻子贴在上面，嗅嗅是不是有了香味。母亲常常嗅着花菁葵，说，有香味了，花要开了。我们只是笑，一丁点儿青菁葵，怎会有香味呢？

母亲头上插的第一朵栀子花不是我们家的，是在街上买的。海边山坳里的人家的栀子花开得早，是海的温润，是宁静的滋养。母亲买花舍得花钱，一点儿不心疼，一次买上五六朵含苞待放的花菁葵，回到家里用冷水浸泡在碗里，每天早上都有花开放，母亲头上每天会有新鲜的花儿戴着。

我家栀子花开时，母亲头上插着花，身上装有花，衣服纽扣眼里也别上一朵花，她还让我们衣袋里放上花。邻居家都有母亲送的一朵朵花，一时花开全家，香溢小镇。母亲头发梳得更勤了，眼睛更亮了，说话更甜了，笑声更美了，走路更有神了。我们兄弟开心极了。

栀子花凋谢了，枯萎的栀子花母亲也珍爱得不肯舍弃。这花儿也疼人，泛黄了，瘪了，像真的死了一样，残香依然撩人，母亲把它插在头上，装在衣袋里，盛在碗里。最后，用栀子花做成枕头，余香不散，相随相伴。

花随人性。母亲出门不在家的日子里，我家那株栀子树也晓得似的，花朵开得不多、不大。母亲懂那株栀子树，识那株栀子树，疼那株栀子树，给它浇水、施肥、剪枝、捉虫子，冬天里给它的根部裹上一层厚厚的塑料布。栀子树离去的那年春天，一夜间，从上到下，枝枝蔓蔓，都枯败了。后来，从根部又生出一株新枝，抽出几片新叶，原以为是病树回春，哪知，没两天，青嫩嫩的叶子失去了活泼，死了的叶子像一张破旧的纸。

小镇上的栀子树少了，在春季看到玉兰树托举起来的一朵朵圣洁的白玉兰花，会想起栀子花，似乎又嗅到那久违的花香。栀子树少了，玉兰树多了，栀子花少了，玉兰花多了。我没有闻到过玉兰花的香气，它有没有沁人心脾的香味呢？看那如同栀子花一样的光泽，一样的花瓣与性情，一样的娇媚与品质，我能看到那花魂撒播着的袅袅娜娜的香气……

栀子花和玉兰花，天下的花都是给女人准备的，给她们开，给她们装点，给她们看。没有花，女人会失去颜色，世界上也许就不会出现"花容月貌""美丽""妩媚"的华丽词句。花与女人争艳。花衬托、打扮着女人,要不女人的美又能从哪儿来呢?女人懂花,花懂女人。没有女人花不会叫花,或许就没有花,有了也是多余的。没有花,这个世界还有意义吗?还能有泉水、阳光、鸟啼、音乐?还能有歌声和笑声?这个世界美妙得布满玄机,造物主造就世界显示出无穷无尽的想象力,尽善尽美,美轮美奂,有阴有阳,有海有山,有男有女,有女有花。

花延续着女人的生命,女人延续着人类的生命。

栀子花唤醒了母亲一个朴朴素素女人的渴慕美丽的天性。

送上来的一只鲸

小镇人什么时候起对大海肃然起敬，顶礼膜拜，那时候还没有我的爷爷奶奶。我这血肉自从降生到小镇上，还不知道什么是海，刚蒙眬看见海的时候，对海就有一种神圣的至高无上的崇拜。心里刚能记事，大海给了我一个威严无比的展示。是中午，我们坐在凉棚下，端着大瓷碗正在敞开肚皮子朝嘴里扒拉南瓜汤面条子时，周围人纷纷跑出屋，边大惊小怪地嚷嚷着，边爬到屋顶上、蹬到墙头上，小孩子骑到大人脖子上，朝对面海峡里惊骇地张望。长长的海峡里呈现了一幅从未有过的惊天动地、大气磅礴的壮观情景：一只一只鲸鱼，排着长长的队形，从外海犁开浪花，有序地朝港池里游过来。它们脊梁高高地露出海面，像礁石，像帆船，在阳光下闪耀着炫目的光芒。它们的队形颇有意味，领头是一只鲸鱼，后面都是每排三只，最后尾部又是一只。仅从这一点细节看去，人类千万不要自作聪慧，盲目傲慢，可以充当地球上的独裁者。人和鲸的生命有多大差异？都是生命。呵护别的生命，也是护卫自己的生命。鲸是有思想的，只是我们语言不通，不知道它在想什么。鲸肯定也在琢磨我们人类，这些身体虚弱、长着两根木棒一样粗细的腿的怪物，眨巴着鱼一样的眼睛，摇晃着圆皮球一样大小的脑袋里在想什么？他们为什么看着我们，他们有思想吗？也许他们有思想，可能与我们沟通不了。行进中的鲸，也许知道了我们在看它们，为了炫耀自己在大海中的力量，还有它们比人类顽强的意志和团结协作精神，突然间推涛作浪表演起来。领头的鲸呜呜叫了几声后，稍停，每只鲸在一个节拍里，一会儿打滚，一会儿翻筋斗，一会儿腾空跃出海面，背朝海面落下来，砸得海里"咚咚"地响，浪花高扬，一会儿身体几乎垂直地扎入海里，巨大的鳍肢展开，像是一只巨鸟展开翅膀一样。狭长的海面上倒海翻江，白浪滔滔，水雾苍茫。鲸鱼在这段时光浓墨重彩地展演了十几分钟。

老人们说，是"龙兵过"。这震撼着我多年，今天回味时心里依然被震撼撞击着。更摇撼我心魄的是镇上人被"龙兵过"所慑吓的情景。他们心悸地想，鲸鱼怎么这么多地从小镇经过，会不会带来什么灾祸？海边帆船上的人，在船头上，恭恭敬敬摆上案子，供上猪头鸡蛋什么，点上香，炸响鞭炮，向着鲸鱼群跪倒，连连磕头求拜，祈求平安。

小镇有渔船上的人曾被鲸猎杀过。

鲸有吃人的。

吃小镇人的是虎鲸。

小镇的沙滩上，曾被大海送上来一只鲸，是黑夜里送上来的，第二天早晨有人发现它躺在沙滩上，一动不动，死了。小镇一下轰动了，人山人海、扶老携幼，春节看大戏似的，拥向沙滩。天哪，海里的神灵，这么大的鱼，怎么会躺到沙滩上？我惊愕住了，眼前的鲸鱼怎么这么大，像一座山呀！我是蹬着木梯子，爬到它身上的，双脚跺跺它的身子，紧绷绷的，手摸一把它的背上，一闻，散发出刺鼻的浓腥味。老人用严肃的语气告诫年轻人，这鲸在海里是触犯了龙王戒律，很可能是吃了人，被龙王惩罚了，送上来示众的。这海里呀，地上有什么它有什么，鲸鱼吃了人就要偿命，一命还一命。有人提出吃了鲸鱼肉，老人连连低声说，这么大的鱼不能吃，有灵性。说这话时几乎贴着人的耳朵悄悄地说，仿佛生怕海龙王听见似的。

　　这只鲸有优美流线型的巨大身躯，黑白分明的斑纹，眼后方有两个卵圆形的大白斑，宛如两只大眼睛。我想象到了它威风八面的潇洒游泳姿态。我想对了，有人说，它虽重，有七八吨重，但它行动敏捷，游泳快速，每小时能达到30海里。

　　我不敢想象虎鲸吃人时的样子，不敢想象它狡猾的凶险，会肚皮朝上一动不动地漂浮在海面上，等待猎物接近它，马上露出饿虎扑食、急不可耐的暴躁性情。虎鲸的口很大，上下颌各有二十几颗13厘米长的锋利牙齿，大嘴一张，尖齿如锯，上下颌齿相互交错，被猎之物只有等待被撕裂、切割。

　　那天，小镇五个人在一条帆船上，捕的鱼多，回来时暮色苍茫。突然间，觉得船身受到剧烈的震动，几个人都大喊触礁了，准备跳水逃命。这时，他们几乎同时发现了虎鲸，原来船是坐在了鲸身上。他们惹上了虎鲸。它咬住船，一边撕咬，一边用尾鳍进行鞭打。帆船在一只虎鲸嘴里，被害得上气不接下气，晕头转向，体无完肤，沉沉浮浮。他们以为是鲸饿了，把船上的鱼抓起来，朝鲸鱼嘴里扔，它吃也不吃，看样子硬是要索他们的命了。他们无计可施，急怒了，豁出去了，拿起竹篙子、橹、叉子，对准虎鲸一顿猛打。谁知道，打都赶不走，被帆船拽着走。帆船还是被它弄翻了，吃掉两个人。

　　虎鲸害人是不是被人所害所逼呢？

海的想象力

　　大海的想象力真大。我认真地琢磨过，人的想象力肯定是受大海的启示和指点获得的。在海边生活的人比内陆人有明显的优越感，湿润的空气和灵动的海浪，使他们浑身上下的筋骨都舒展开了，透着鲜活生动的水灵。让我最难忘、最想念，也最蔚为壮观的是海上的海市蜃楼，根本不要说内陆人能有这样的幸运看到这奇幻美景了，即便是海边人也有很多很多没有见过这奇妙的风景。

　　我亲睹过海市蜃楼。那是夏天，天蓝得像深海里的水，碧清如洗，海里的波浪很乖，不声不响，平淡得像一湖死水。远远的海面上迤迤逦逦悠闲着细细缕缕若白云一样的雾气。一闪眼间，蒙蒙的雾气在一张宣纸一样的海面上铺展开来，我虽没有看见生花的妙笔，却又似乎分明见到一支无形的细细长长的画笔，在轻轻地一点一戳、一勾一画，顿时，一座奇峰拔地而起，一片桅帆迎风而来，一群冰天雪地里的跃马嘶叫，一圈城堡苍苔斑驳。我感叹大海的神力，雾气的一种单调的白色，寻找出清晰的远近关系，或浓或淡地点染出万千生命气息的润泽，线条柔韧，姿态飞扬，或似断非断有断续之美，或带出一丝幽燕之气。我真的怀疑这是自己的幻觉，而这千真万确的就在眼前。画笔摇动着，笔锋一抖，画面上不仅描绘出景观，还涉猎历史人物、人情民俗，一个个人物有神有貌，人物形象与山水互为依托，又交织、融汇于一体。一幅幅图像由笔端流淌出来的时候，那种气象和风采，是地球上人类的文明无与伦比的，大海用她向人类证明、炫耀着她的想象力操控了人类。这种景象一直在变幻中演绎，大约有三十几分钟，直到雾气一点一点淡去。

大海最大的贡献就是想象力了。

没有大海，人或许就失去了想象力。

想象即是发现。想象一旦出来，就意味着它同过去的告别。我们这个世界正因有着想象不断地发现而延续和存在。

想象的获得，是在随意间，怀一种漫游的心境。它常常可遇不可求。

我的小镇人靠海吃海，很有想象力的。靠我的小镇不远的地方，出过两个很有名声的人，可惜他们都是古人，一个是《镜花缘》作者李汝珍，另一个是《西游记》作者吴承恩。这两个人靠对大海的想象和大海给予的开阔的发现，把人的一种全新的形态摊开在时间面前。吴承恩是淮安人，但他常来连云港海边，没有人可以像他那般对海的迷恋，海在他那里，有了一个接一个的想象，有了一个接一个的生命，有了越走越远的心，有了越来越走近属于自己的实实在在的茅屋。

有时我也搞不清，当代人的想象到底是不是匮乏了，海还是那海，怎么就没有大想象的文学作品出来呢？是人的剧变，还是现代性的剧变？

有时我也害怕，在想象面前，有时多跨大一步，就成了幻觉的废墟，会让人疑心是不是神经系统犯了难处。

活着的绝唱

火星潮是大海华丽的想象，不过，它是确确实实的火星。夏秋立交的夜晚，一弯新月，星光下的小镇海边，到处能看到起伏跌宕的火星潮。它像许许多多绿莹莹、亮闪闪的火星，散落在海面上。

进入夏秋转换，虽然秋高气爽，骄阳在海上的蒸发却愈发加大，磷、盐比例上升，海中的生命遗骸、腐殖质在潮水与海滩的作用下，夜晚涨潮时，波涌浪腾，鳞便绽放出万千星星点点的火星。

海滩上的火星潮最好是远远地眺望，一道一道长长的潮水蜿蜒着、游动着，翻卷着白色的浪花，在夜空下哗哗地喊着，朝海滩上兴奋地涌动着。潮水上滚动着、蹦跳着、飞蹿着无数绿得炫目的火星，火星连成串联成片，在波浪上翻腾着、舞蹈着、燃烧着。

小码头里的火星潮只凭眼睛看是不够绚烂的，看不到那有灵有神的性情，只有把手伸进散满火星的海水里，才能找到和感觉到火星潮美学的意境。在小码头上，眼睛可以贴着海面尽情地欣赏火星潮，海上的一颗一颗火星像夜空里排列有序的星星，奇妙的感觉使你分不清是在天上还是在海上。海面平静如睡，密密麻麻的火星像刚睡醒过来的一只只眼睛一样，又光亮又精神。朝海里抛一块小石子，"扑通"一声，像池塘里的青蛙鸣叫，激起一簇火星，形似礼花。手在海水里轻轻一搅，手上臂上像沾满了萤火虫，绿莹莹的，闪耀着，明灭着。绾起裤腿，两脚插进海水，一只只小虫般微绿的火星爬满腿上。

　　大海的浪漫是到了极致，海中的所有生命，最后也要把最美丽的一面绽放出来。

　　大海不放弃任何一个暗示和慰藉脆弱的人类的机会，活着的绝唱需要自信、自在和精彩。

女孩子们头上落满雪花

一天,母亲突然给我家带来一群养海带的女孩子。

母亲的老家在海边半岛的西墅,距我们小镇二十多里路,岛小人多,大多数人都被派出来养殖海带,这成为他们的主要收入。母亲对老家一往情深,当老家的生产队长来到我们小镇上,见我家有两间空闲的房子,孩子又小,提出到小镇养海带的一部分女孩子没地方住,想安排住我家,母亲喜笑颜开,一口应允。女孩子们大的二十几岁,小的十五六岁。母亲喜欢脸庞长得俊、常挂笑容、说话甜心的女孩子。有时,她们也讨好我似的逗我乐,我不善玩笑,尤不善与女孩子说笑,往往一句话没说出来,已臊得脸红耳热。女孩子大都生得有模有样,虽常年下海,风吹日晒脸上发黑,但也遮不住一头乌发、一双俊眼和苹果般圆润光泽的脸庞那诱人的青春气息。她们都懂事,我只听见她们开心的说笑声,没听见过她们的吵嘴声,冬天从海边干活回来累得不行时,最多小声嘀咕一句,"今天我手皴了。"阴天下雨,她们坐在地铺上,齐刷刷地纳花鞋垫子,我知道那是给她们男朋友或给将来的男朋友准备的。

我真的喜欢上她们了。喜欢看着她们甩着后背上发亮的辫子在院子里跑来跑去,喜欢听她们相互间的玩笑声和招呼声。她们比我大不了几岁,可在我面前处处显示出当大姐一样的成熟和吃苦耐劳。天气最寒冷的季节,正是她们要每天出门坐在海边干活的时候。

我去凑热闹，看她们干的是什么活。那天天气不好，阴沉着，海边西北风吹响着小哨子溜溜地刮，女孩子们一字排开地坐在挡浪坝能遮风的内侧坝边斜坡上，个个头和脸上被花花绿绿的花毛巾紧紧包裹起来，只露出一双眼睛，两手伸进大木桶里冰冷的海水里不停地理弄着海带苗子。这苗子一拃长、半寸宽，一片一片地缠在缆绳上。男人们把缆绳上的苗子扛上舢板，运到海里，固定在一个地方养殖。海边的女人是男人身后的一道影子，拣尽寒枝不肯栖，干的活虽琐碎却要比男人辛劳，更显示出坚韧。她们甘愿比男人吃苦，有好吃的让男人先吃，有好享受的给男人先享受。是男人天生的体格和气魄就是顶天立地，挟持着女人；还是女人天生虚怀若谷，爱恋着男人，还是女人在男人面前有一种离不开的寂寞？海边的天气冷得奇怪，风里还不时飘落着一朵半朵的雪花。女孩子们鸦雀无声地坐在雪花天地里，一个个头上的花毛巾像绽放的花朵，醒目妖娆。她们仿佛不是在理海带苗，而是在倾听雪花落地的微妙的声音，生怕发出一点儿声音惊飞了雪花。她们两手在冰冷的海水里一泡就是一天，冻得僵直、发青发紫，裂开一道道细细的血口子。她们常常是理一会儿苗子，就把手放在嘴上哈哈热气，取取暖，活络活络筋骨；或是两手笼进棉袄袖里或是插入棉袄里焐一会儿，有点苏醒、暖和了，拿出来再下水。有小伙子或男朋友看了心疼，找了些小木头和柴枝，在女孩子身边支起来，点上火，给她取暖。女孩子一双手在小小的篝火上一烤，立时从冻麻中灵活起来，脸上也通红地有了光华，话也有了笑也有了，像是春风提前赶到了寒冬腊月的海边。

在漫长的冬季海边度过每一天，还是离不开太阳。

太阳从海面上升起来，低头理海带苗的女孩子们抬起头，纷纷面朝阳光，让温暖沐浴。

太阳像是海的眼睛，看到了女孩子们头上的花毛巾落满雪花，看到了她们在海水里的双手冻得像透明的红萝卜，心随着她们的每一次用嘴哈手而跳动，撒下成千上万条温热的光线。

　　冬天的太阳与春夏秋季节不同，热不起来，颜色不一样，激情也不高涨。早晨，太阳在海面上流金飞丹，铺上一条展示出新的放射着异彩的广阔天地，浓郁的金色与山脉、港口、海滩、海鸥、海滩上的波浪联系在了一起，把一种热腾腾的爱呈现出来。太阳一点一点升起来，在寒冷的空气中光芒却愈来愈淡弱，俨然成为一个大冰团，银晃晃的，温热愈来愈少，照到人身上像没有温热似的。

　　仅这温热，我崇敬太阳。这一点儿温热，是对苦难的慰藉。

　　太阳是大海爱的最高形式了，太阳是爱心之感动。

　　大海该是地球上生命的最后净土了。

螃蟹上吃出来的海

小镇人，爱吃鱼，盼着五月，想着十月。五月鱼虾肥美，饭桌上顿顿有海鲜；十月菊黄蟹肥，鱼虾遍地。小镇人吃的鱼有带鱼、鳓鱼、马鲛鱼、鲫鱼……吃鱼不讲究，做熟的鱼味道是原汁原味，鲜味绕口。一般有四种做法：烤、蒸、汤、烹。鱼烤出来松软温热，鲜嫩可口。黄鲫鱼放在炭炉上烤出来最好吃，油滋滋响冒出来，又软又硬，又鲜又嫩。鳓鱼的做法很特别，若这一天没什么可口的菜，就拿出腌制好的鳓鱼，剁下两截，放在碗里，洒上葱花蒜苗，滴上豆油，略倒上些开水，置于将要干汤的大米饭上，干饭好了鱼也好了，那鱼肉咸香，吃上两小块鱼肉扒拉下一大碗米饭。鳓鱼刺也好吃，嚼烂后咸香，鳞片也咸香。马鲛鱼的鱼子比肉好吃，咀嚼着，又劲道又喷香。鱼子烤了好吃，蒸出来更好吃，软软的、硬硬的、香香的。吃马鲛鱼子有讲究，小孩子一般不要吃，上辈人传下来的话，说马鲛鱼一粒籽一条鱼，小孩子吃了将来不识字。马鲛鱼子是大人最好的下酒菜，咬上一小口鱼子，喝上三小盅烧酒，烧得脸上红通通的，是手舞足蹈、高谈阔论的最好时候。小镇人家来了客人必有鱼，有鱼才成宴。喝酒吃饭，最后都要有一条红烧出来的大的整鱼，才算是对客人的尊重。红烧大的整鱼是要有些功夫的，红烧出的鱼要体肤完好，不能缺一块肉，不能少一根翅。

买鱼要到鱼市上。小镇鱼市有两个，大鱼市在商贸街上，小鱼市在渔业公司小码头上。人们都喜爱到小鱼市买鱼，品种多，新鲜又便宜。渔船进了港，靠上小码头，舱盖一掀开，鱼市上就飘浮起一股潮漉漉的浓重的鱼腥味。人与人挤出来的水泥小路上湿漉、黏腻而光滑，船上人和镇上人都习惯在人群里相互挤，脚踩着鱼虾留下来的体液与泥土混合成的污物，发出吧唧吧唧的响声。路上有渔人扔弃的虾婆、海肠、海豚鱼和小鱼小虾，镇上人嫌虾婆毛刺多戳嘴不吃的，嫌海肠没骨没肉腻味，疑心海豚鱼有毒不能吃。有渔人抬着重实实的鱼筐过来，他们脸上挂着的一颗一颗汗珠又亮又大，抬手抓一把，随意一扔，溅得周围人不干不净地骂。渔人抬着的鱼筐里的鱼亮闪闪，像一汪银子，不小心筐里的鱼撞了人，弄得人衣服上一团鱼鳞和黏液，那人就气得说难听话。抬鱼人乐呵呵地说，你过来买鱼，给你便宜。那人转怒为喜，拎着篮子，颠颠地跟着直跑。阳光下的鱼市蒸腾混合着鱼虾的海腥味、海的盐腥味和渔人的汗腥味，你想离开小码头躲避这浓烈扑鼻的混合气体是不可能的，因为海风吹满了小镇，山上、人家、街巷里全是海的气味。

有人买鱼跳到船上，被船上人推了下来。船舱里全是鱼，鳞光炫目，船上人用铁锹一下一下朝岸上戽鱼。起初船上人抬着鱼筐用大杆秤来卖鱼，后来买的人多，忙不过来，嫌麻烦，索性不用秤，鱼装满大筐粗粗一估价就卖了。

商贸街上的大鱼市，在一条用水泥板铺成的狭长的涧沟上，两边简单的店铺一个挨一个，大都是海货店，其间也有点杂货店，卖些布料、盐油酱醋、雪花膏、糖果点心、年画小人书、锤子铁丝什么的。一个个海货店简直是大海的博物馆，海里的鱼在这儿几乎都有，不过都不是鲜鱼，是鱼干子。外地人喜欢逛大鱼市，鱼干子买了一路上不怕坏，方便带回家，不像鲜鱼过夜容易变味变质，只能这边买那边下锅烧了吃。鱼干子有大有小，大的有鲨鱼，三四米长，完完整整挂在墙上，看那铁嘴银牙，即使成为一张皮，也虎视眈眈、威风凛凛，让人心悚；巨大的章鱼干子，一条条张扬开的触角钉在墙上，倔强傲气，宁死不"曲"。有的章鱼干子像脸盆般大，有的大龙虾、宽带鱼、大海螺、海葵大得出奇，能够看出来，不是来自小镇前的大海里，很有可能来源于热带的南方海里。

大鱼市海货店里有一个叫李宝仕的人，因为会烹制海鲜、会吃海鲜在小镇享有盛誉，他所在的店铺也跟着他出了名，去买干货的人特多。他家大橱小橱、坛坛罐罐里一年四季不离鲜味，什么虾米、海蜇、鱼子、紫乌干等等，应有尽有。家里来什么客人，不用上街，在屋里捣鼓捣鼓，桌上就摆上八大碗八大碟。他烹制的整鱼不会碎，红里透亮，咸得虽麻舌头，可特别鲜，人吃了这一口还想再吃那一口，最后把鱼头和鱼尾都嚼烂咽下肚子，剩下的浓汤也成了宝贝，一滴不漏全扫荡进了碗里干饭中，搅拌搅拌，比鱼肉还好吃。他说，鱼汤比鱼肉好吃，鱼身上的好东西全都烧进汤里了。他吃海鲜有句口头禅，叫"宁吃鲜桃一口，不吃烂桃一筐"。每年鱼汛一到，鱼蟹一上市，他就赶到小码头上，不闻不问，不管什么价钱，买上一条五斤重的大鲈鱼、半斤重的两只靠山红大蟹子，回家烹制了，请上三五好友品味。他吃鱼有讲究，第一块肉要从头上吃起，第二块不是肉，是眼睛珠子，第三块是背上肉，第四块是鱼肚白，最后一块是尾骨，总共有三十块肉。他还有一套口诀，如夹鱼头上的肉，说，敲敲小脑门，送给领导人；夹眼睛珠时，说，捧上夜明珠，献给心上人。这总共有三十句话。

李宝仕吃鱼是吃出了"文化"。别人吃鱼吃了肉算是完事，他连鱼骨也要"吃"。吃鱼时，他会叮嘱客人，说："鱼骨不要丢了，给我留下。"他一双粗糙的大手，像精细的绣花针，把一块块零碎的鱼骨拼接成各种各样的小鸟。

李宝仕会吃螃蟹上过报纸，成了小镇人的佳话。

会钓蟹子的人不一定会吃蟹子。吃蟹子吃出点滋味来是要点水平的。

李宝仕特会吃蟹子。若说他请人喝酒，那肯定是家里买了蟹子。镇上有个叫高意思的小官，只要李宝仕喊他吃螃蟹，他一定到。高意思喜欢吃螃蟹，更喜欢同李宝仕边吃边谈论螃蟹。

这天，高意思带着两个来小镇采访的市报记者到李宝仕家吃螃蟹。他们先在一边喝着白开水，聊着天。腾腾蒸气飘满两室一厅，蒸气里流动着浓烈的鲜味儿。高意思坐不住，走到外间，喊道："老李，蟹子还煮啊？我看你是存心不让我们吃，弄得满屋鲜气，肚子早嗅饱了。"李宝仕抓过桌子上的毛巾揩揩手，一脸光彩地说："蒸好了，蒸好了！老高，甭看你吃过不少鲜味，这蟹子不一定吃过。"高意思说："你这话说得太死了，我们镇上产的蟹子我什么品种没尝过。"李宝仕说："知道这是什么蟹子？清一色的十月尖，俗话说，九月团脐十月尖。这季节正是吃十月尖，一只五六两重。"

李宝仕端着一碟刚从锅里出来的蟹子，走到厅里。一个记者问李宝仕："李师傅，十月尖是什么？"李宝仕指着碟子里的蟹子，说："十月尖就是十月的雄蟹子，又肥又嫩。"说着，抓过一只蟹子，手指叩击着腹部，"雄的蟹呀，腹部是三角形，三角形不就是尖嘛。"高意思佩服地说："老李，你真是个名副其实的吃鲜权威！"

李宝仕对记者说："吃蟹不能离开醋，懂吗？记住。蟹肉蘸上用酱油、醋、姜汁配好的作料，那才有滋味！它还消毒，去蟹子腥味。"记者抓起蟹子，要掰开又红又硬的壳子。李宝仕见了，一激灵站起身，喊了一声："不能掰！"话音未落，他手里的两只筷子重重地压住记者手里的蟹子。记者诧异地丢下蟹子。李宝仕收回筷子，说："还有这样吃蟹子的吗？"他把衣袖子挽得高高的，抓起一只蟹子，说："抓蟹子前，要挽起袖子，蟹子腥味大，袖子不挽，在蟹壳上扫来扫去，会弄脏的。掰开后，里面有水，弄不好甩满衣袖。衣袖不挽，洗手也不便利，窝窝囊囊的，吃蟹子既要吃得舒心，又要图干净。"

"嘿嘿。老李真像卖乌盆的，一套一套哇！"高意思彻底地服了。他肚里吃了不亚于千只蟹子，可从来不知道这一套一套的吃蟹经。记者很是佩服，感到李师傅真了不起。高意思盯着李宝仕，诙谐地笑着说："老李，这蟹子我们是不敢冒昧下口了，一不小心又踩地雷。你说说吧，第一口该怎么吃，我们按图索骥，怎样？"李宝仕抖了抖手里的筷子，打开了话匣子，说："吃蟹子不能像捉蟹人那样吃蟹子，那和吃西瓜没有两样，是用嘴啃的。吃蟹要品味。要想品出蟹味儿，一定要了解是哪儿产的蟹子，有什么特点。"高意思脸面兴奋得红扑扑的，脑袋随着李宝仕富有节奏的讲话摇晃着。

李宝仕说："今天吃的蟹子，叫靠山红。为什么叫这名字，因为它们多生活在海边礁石缝里。海蟹在我们国家分布很广，不同的海域长不同的蟹。我们小镇附近的海里还产著名的梭子蟹。我们今天吃的是靠山红蟹子，个头肥大，头胸甲的宽度有一百五十多毫米。"他看见记者伸出舌头舔嘴唇，心想，话讲多了，别人等着吃蟹子呢，于是，说："大家边吃着，我边讲吧。"

记者拿起蟹子不敢掰，两眼盯着李宝仕，看嘴巴从哪儿咬起。李宝仕兴奋得脸膛绯红，眼睛炯炯有神，说："河蟹哪块肉最好吃？"记者不假思索，头一仰："蟹籽，还有蟹籽旁边的肉。"李宝仕笑呵呵地，晃一晃脑袋说："不是，不是。你即使说对了也不够准确，应该是雌蟹的卵块，雄蟹的脂膏，大螯里面的雪白粉嫩的肌肉。"他拿起蟹子，掰断一只大螯，剥开带硬刺的壳子，筷子在碟子里蘸一点儿酱、醋、姜汁配和的作料，在大螯里轻轻一推、一挑，一块白嫩的肌肉跳进了嘴里。桌上齐声称道。接着，大家效仿此法，品尝起来。李宝仕呷口酒，睁大眼睛问："怎样？"

高意思咂巴咂巴嘴，鲜味淹得他舌头简直抬不起来，含混不清地说："绝妙，绝妙。"李宝仕嘴里挑进一块大肉，咀嚼着，津津乐道:"海蟹营养丰富,与河蟹、河虾、河鱼等比起来,没有土腥味,鲜味大,与其他海蟹比,它的水分最少,热量最高,每百克蟹肉的热量是130多大卡,除了蛋白质含量稍低或相等外,所含的脂肪都比其他种类高,而且维生素A含量也很高。一般吃一两只这种蟹子后,肚子就快饱了。"

蟹子大螯尝完了,四个人目光集中在李宝仕身上,等待命令吃第二口。李宝仕捏起一只折去大螯的蟹子,掂了掂,加重语气说:"现在吃蟹不能性急。"说着,掰开蟹壳子,折一只蟹子腿,把蟹子上部的脂膏一点一点剔进蟹壳子里,随后,汤匙从碟子里舀一下作料浇上去,端起蟹壳子,蟹腿作筷子,三口两口,把脂膏扒进嘴里。三个人品评、称羡、赞慕,大口吃起来。李宝仕突然喝了一声:"停!"望着一只只瞪着自己、充满狐疑的眼睛,他说,"一只蟹子眼看吃完了,你们说蟹子有没有肠子?"记者苦笑笑。高意思开怀大笑,中指轻轻地、急促地叩击着桌面,说:"古书上把螃蟹叫作'无肠'公子,蟹子哪有肠子!"

"肠子被你们吃肚里了。"李宝仕显示出吃鲜权威的风度,拿过一只蟹子,展开腹部,手指轻轻一拨,在内壁的中线清清晰晰有一条隆起的肠子。记者频频点头,感叹李师傅的吃鲜功夫太了不起。高意思笑了一下,说:"上一年,我路过新浦吃了一次河蟹,比这鲜美得多,新浦一带品蟹学问比你高深的人有哩,你煮几只海蟹能有多大学问?"

李宝仕笑笑说:"那蟹子不是煮的,是蒸的。煮蟹子蟹汁全跑了。"

高意思连连点头,对记者说:"你们开眼界了吧。我不带你们来,能知道吃蟹子有这么多学问吗?回去给写点文章,让我们小镇也扬扬名。"

记者答应了,真的给李宝仕写了文章。

我眼中的李宝仕这个人物，成了大海的一个代名词，他的存在源自于大海。

按人类进化学理论，人的起源来于大海。人源于大海，这不是一种哲学思辨，而是一门科学理论。但这一种哲学思辨给人类带来多少闪耀的灵光，推进了文明加速的进程。

人的悲哀总以为自己的思想大于大海，以为我们能改写海的历史，赋予海的新的内容和内涵。人太盲目自信和自作聪明，还没有真正认识赖以生存的星球，就急于上天认识其他星球，急于给大海盖棺论定。人是走不出给自己设计的迷惑的怪圈了。人认识海了吗？只有海来认识人，照耀着人，给人寻找个慰藉的归宿。

海的真相永久是最初的爱，也是最后的爱。

淤滩上涨潮了

　　我的小镇东山那边有一片灰乎乎的淤滩。提起淤滩，人都脊梁骨发冷。淤滩上产八带鱼，又多又大，可小镇上没有几个人去淤滩捉八带鱼，一是路远，二是有些风险。淤滩有的地方人走上去一下就会陷到小腹，稍一动，陷到脖子，最不陷人的地方也会陷到大人的大腿上。那一年，有两个人活活陷死在淤滩里。小镇人上淤滩全用踏槽子，它有2尺长，30～40厘米宽，尖尖的船头，人一只腿跪在"船"尾上，一只脚蹬淤泥，踏槽子走得又轻巧滑得又快。

　　这两年，小镇上不少人家在海里铤而走险，发了不少财！有的小孩也跟大人学上了，下海小取。我的小朋友水柱是其中的一个。水柱常常背着大人偷偷下海，他父亲狠狠打过他几顿，他还是屡教不改，动不就下海。父亲母亲真怕小孩有个好歹，每年海里都要淹死几个小孩的，家家大人防小孩下海像防小贼似的。

　　水柱十四岁，圆头圆脑，矮墩墩的个子，一双黑白分明的大眼睛机灵地闪动着。过十五岁生日那天，他注意到自己脖子上的喉结明显地显露出来，大人说，喉结显出来小孩个子就不会再长，成大人了。他感到大了，胳膊肘轻轻一屈，肌肉鼓实实的，礁石一般结实，手捏不动。他想，自己该像大人一样下海做事情了。

　　水柱腰上束一根草绳，把上身的小蓝布褂勒得紧紧贴住身子，赤着脚板在海滩上跑着。他想，上学没意思，不如早点为大人挣钱，赚了钱大人还给他煎荷包蛋吃呢。

海滩上,一只一只有蚕豆瓣大小的小沙蟹从沙眼里冒出来,身上顶着褐色的硬壳,簌簌地,飞快地滚动着。水柱奔跑的脚步声惊得小沙蟹眨眼工夫都钻进了沙眼。水柱暗暗下决心,要撵上大人的脚步,拾好多好多的海货。他心里窝着一股气哩!好朋友王潮和我看不起他,说他只会下海,晒得人像黑驴屎蛋似的,没有意思。我们冲他龇牙咧嘴的,给起了难听的外号"驴屎蛋"。嗨,气死人!他要争口气,挎着一篮大鲜鱼,给我们看看!

他跑到礁石丛里。小鱼小虾都躲藏在拳头大的鹅卵石下。捕它们才容易呢,将鹅卵石搬开,把折曲的铁丝三角小罾子沉下水,搅一搅,拎上来就是。

水柱还真的拾到不少海货呢。

天刚露出亮色,下海回来的人挑筐抬桶,赶往小码头上卖鱼虾。太阳露脸时,小码头上买东西人最多。他们的海货成色好,桶里的鱼在水里活蹦乱跳,筐里的鱼一路上盖着大树叶,没遭太阳晒,没摊上苍蝇叮,揭开树叶,鲜灵灵、白晃晃的。太阳刚升两竿子高,他们的鱼虾已被人抢买得精光,早早拎着扁担和筐赶回家。

水柱卖了十多块钱,他哪儿也不去,要在我们面前露露脸,馋馋我们。

傍晌,学校放学了。王潮和我远远地看见了水柱。我胳膊肘捣捣王潮,说:"过去看看。"王潮哼一声:"看啥?黑驴屎蛋。"我嘴一撇,说:"耍耍他,出出洋相。"我走了过去,猛地推一把水柱,半开玩笑地问:"驴屎蛋,发洋财啦?"水柱抬起脸,不客气地说:"怎么,不服气吗?"我被呛了口冷沙似的,缓口气,笑眯眯地说:"闹着玩的呢,当真啦?"我两手搭在水柱肩上:"赚多少?"水柱竖起三个手指,晃了晃,说:"三块。"我两手连连摩挲着水柱脑袋,"你发大财喽。"水柱神气地笑笑,心想:我们馋了。

我突然说:"水柱,你发财了,买香甜花生米给我们吃……"水柱犹豫一下,心一硬,拎起篮子,盯着我俩,问:"想吃什么?说。"我脱口喊道:"两份香甜花生米!每人买一毛钱的。"水柱头一晃,说:"每人一毛五,另外每人买一块麦芽糖。"

一毛五分钱买了一小堆花生米,王潮和我吃得啧啧有声、有滋有味。水柱舌尖舔舔嘴唇上的油渍,问:"吃不吃了?"我俩连连打着饱嗝,说:"吃太多了,不吃。"我说:"水柱,你真够意思!"水柱满脸红光,骄傲地说:"今后再请你们吃……"王潮和我相互望望,笑笑。我说:"你说话算话?"水柱说:"算话。"我说:"我们等着。"

水柱又说:"明天星期日,你们想不想下海?我带你们下海,保证好玩。"我俩望着他,没吭声。水柱又说:"放心吧,我带你们到没人知道的地方去,保证你爸你妈不知道……"我咂巴咂巴嘴,舌尖舔了舔嘴唇。王潮眨巴眨巴眼睛。

第二天,水柱扛着踏槽子,领着王潮和我来到淤滩上。他没有带着我们上沙滩,心想,到人很少来的淤滩,肯定有把握多抓上几条八带鱼,他一定会保证我俩每人有几条八带鱼……水柱放下踏槽子,朝淤滩上望望,碎金子般的光芒刺得他两眼发花。他活动活动腿脚,准备下海。王潮没有想到水柱会领着我们来到淤滩,一把拉住水柱:"我们不要八带鱼了!走,重找地方去。"水柱拉下脸,一甩手:"怕什么?有这个!"他脚踢了踢踏槽子,"不用怕,在上面等我。"我也扯住水柱:"重找个地方吧!"水柱气了,将我朝后一推,"啰唆!怕什么?有我在哪。"王潮说:"万一出事我们担不起。"水柱抛一根竹竿给我,说:"拿着它能爬上淤滩。万一出事是我的。"说着,水柱一条腿跪在踏槽上,一条腿蹬着淤滩,滑走了。

八带鱼藏在淤滩里,它躲藏得不深,淤滩上露出一个细小的沙眼子,冒着小气泡,两眼不注意是难以发现的。八带鱼一个窝里共两个窟,相距不远,被人发现一个还能溜进另一个。捉八带鱼很有意思，手探进窟眼，八带鱼的八条爪子像磁吸盘，牢牢吸住手，手从淤泥里拔出来，八带鱼也就被活活地拽出来了。

水柱会捉八带鱼，一会儿捉了九条。蓦地，他发现一个大八带鱼窟，冒出的气泡好大，心里一阵快活，脚狠劲蹬几下，踏槽滑了过去。他手探进窟眼，八带鱼爪子一起吸住了手，爪子吸得他手像针刺般的疼痛，他刚刚捉到的九条八带鱼都不像这么厉害。他咬牙切齿，想从淤泥里拔出手，拽出八带鱼，可淤滩里的八带鱼一动不动。肯定是条大鱼！他想，我可能用劲还不大，所以拽不出来。他憋了憋劲，手朝上猛地一提，仍然拽不动八带鱼。乖乖，这条八带鱼起码十斤以上。"我一定要把你拽上来！"他拧过头来，望了望岸上，见我们正望着他。他又继续拽着八带鱼，我心想，他是憋上了一口气，非要拽出这条八带鱼，在我俩面前显摆显摆，让我们佩服他。他兴许还想，这样大的八带鱼镇上人没见过，可能大人也没见过，王潮和我就更没见过……他用尽浑身力气，朝上猛地一抽手，可还是没有拽出八带鱼，看他脸上懊丧的神情，手臂好像被拉得酸痛，快要断了似的。想象得出来，八带鱼攀住他的手肯定是越吸越紧，他想动一下都不能。他一下子感到再也不能从淤泥里拔出手了，人一下子瘫下去，头软软地搭在淤滩上。他没有想到，淤滩里会有这么大的八带鱼。他想到，这儿陷死过的几个人可能就是这样被活活折磨死的。我们仿佛看见水柱浑身一阵发冷，心里恐惧起来，抬手想招呼王潮和我，能快快地来救他，可他身上怎么也使不上力气，想呼喊，嗓子又运不上气。我仿佛看到他眼睛湿润了，滚下一串冰凉的泪珠，他知道，马上要涨潮了，海浪会活活地淹死他。这时，他可能想起了妈妈，她还不知道他上了淤滩……

王潮和我望见水柱手插在淤泥里一动不动，我俩惊怕得拼命地喊了起来。

哗哗哗，涨潮了，海浪越来越响起来，一点儿，一点儿，漫上淤滩。

我吓慌了，说："我喊人去……"王潮拉住我："你喊来人，潮水早涨上来了。"

王潮留下我，走上淤滩。他按水柱刚刚说的一样去做了，两手紧紧地平端着竹竿，趴在淤滩上，身子的重量被分担开了，一点儿一点儿朝前爬去。

到了水柱跟前，王潮想把昏迷的水柱拥进踏槽子，可怎么也不能把他的膀子从淤泥里拽出来。水柱的膀子已呈紫红色。王潮浑身紧张，他怎么也不会想到八带鱼能有这么大的力量，拽住人的膀子竟不能动弹。他很小心，一只手继续握住竹竿，另一只手从踏槽子里拿过一根竹篙，顺着水柱臂膀戳下去，用劲一搅，朝上猛地一提，把八带鱼的爪子扯断了。八带鱼蜷缩起来，躲藏到了另一个窟里去了。

王潮拽出水柱的手，把他拥进踏槽子里，脚蹬着淤泥，一步一步离开淤滩。水柱醒过来了，睁开眼睛，看见王潮，明白他在救自己。王潮向水柱笑笑："涨潮了，我们快上岸。"水柱鼻子酸溜溜的，抖动着嘴唇，唏唏嘘嘘地哭起来。王潮抹一把脸上豆粒大般的汗珠，说："水柱，今后我要跟你多下海，你对海多熟悉呀，胆也大……"水柱嘴唇咬得紧紧的，眼角挂着明亮的泪珠。

在大海面前，人又回到了稚嫩的年龄，不知道"我"是谁了。人真的不可解，常常误认为我们主宰着大海，可以随心所欲地支配、摆弄大海的命运。我们人类不该贪婪地攫取大海的财富，践踏大海的尊严，玷污大海的纯贞。

我们现在回头来看看，大海一直在苦楚挣扎中拯救着人类，在不堪忍受的呻吟声中拯救着我们这颗星球。真是不敢想象，待到南极和北极的海上冰山化为乌有后，我们人类和星球会得到些什么？

大海的智慧真是大了去了，所有人类的大智慧都被大海这位大哲人说尽了，我们人类至多也是卖弄点小聪明而已。

海鸥与鲨鱼

退潮了。

湿漉漉的沙滩，像一块金色的地毯。海鸥成群成群的，翱翔着，跟踪着海面上洁白的浪花，发现小鱼小虾，翅膀一并，"呼"地冲下来，衔着，冲上天。

我跑出礁石丛，蹦跳着跑上松软的沙滩，放下拾有蟹子、海螺、小虾的篮子，仰脸望着天上飞来飞去的海鸥，两臂像海鸥的翅膀举向天空，热烈地扇起来，大声喊道："嗬嗬！"我跷起脚，把鞋子甩向天空，把海鸥轰地惊飞得远远的。

学校放假，我常常在沙滩上玩耍。我仰躺在热乎乎的沙滩上，眼睛看着天。天上像海一样静，像海水一样蓝。我忽然发现，天上没有一只海鸥。我一骨碌翻起身，望着波光烁烁的海面，想着说："哎，海鸥都哪里去了？"

我脑袋朝一边歪歪，呀，海鸥密密地聚集在离我不远的上空。一只一只海鸥朝沙滩冲下来，衔我篮子里的小鱼小虾。篮子翻倒了，蟹子爬满沙滩。

"贼东西！"我的肺简直气炸了，腾地跃起身，从裤腰带上摸出弹弓，包上石丸，摸了过去。

我的弹弓打得很准确。一年，海里起大风，系在海带缆绳上的玻璃浮被折断下来不少。海边站满人，端着长长的竿子捞玻璃浮。

一只玻璃浮卖五毛钱哩!我怎么也捞不过人家,还受人欺负,被占去有利地势。我急了,躲在人后,操着弹弓,对准漂来的玻璃浮,弹无虚发,击得粉碎。

逼近了海鸥,我咬着牙齿,绷紧弓弦,瞄准一只海鸥,射出石丸。海鸥被击中了,疼痛地长叫一声,连连扇着翅膀,丢下几片羽毛,歪斜着身子,飞上天,那些海鸥都惶惶恐恐云朵一般地逃离沙滩。

海鸥,密密的,像几百片树叶在我头上飞来飞去。我仰望着,心想,它们是不敢下来了。

突然,一只海鸥收拢发光的翅膀,头一勾,箭一般直射下来,落在沙滩上,蹦蹦跳跳,张张望望,向篮子蹦跳过去。我简直不相信自己的眼睛,有这样大胆的海鸥会不知死活落下来。海鸥吞了篮子里的一条鱼,尖尖的嘴对着沙滩擦擦,昂起头,神情自然地望着我,俨然一副挑战的样子。我受不住它的眼睛威逼,弹弓对准了它,刚要发射,它一纵一跳,最后,翅膀一扇,飞上了天。盘旋几周,它降低高度,在我头上飞来飞去。猛地,冲下来,从篮子里衔起一只虾子,向我冲过来。我一时措手不及,有点招架不住似的。它越过我头顶的一刹那间,翅膀剧烈地扇着,那么有力,啪啪啪地响。它飞得那么低,擦着我的头皮掠过,我嗅到了它身上浓浓的海腥味。它的翅膀刮起的风逼得我眯缝上眼睛,两腿连连后退。突然,我发现,它的嘴是红色的,心里一阵狂跳。这海湾里是没有红嘴海鸥的,都是银鸥,白色的嘴,哪来的红嘴海鸥,这么厉害,人都不怕!

红嘴海鸥飞出海湾,向远处飞去。

涨潮了。我木木地立在沙滩上,潮水慢慢地浸到我的脚趾。我被红嘴海鸥的气势镇住了,败给了它!我的心难以平静,想报复,找到它,用弹弓揍下它!

日子，一天一天过去。每天，太阳刚刚跳出海平线，我就奔跑到沙滩上，寻找红嘴海鸥。

学校眼看就要开学了，还没有找到红嘴海鸥。红嘴海鸥哪儿去了呢？

太阳红红的，冉冉升起。大海染红了，跳跃着一朵一朵鲜活的火苗，沙滩染红了，抹上一层绚烂的金辉，刚刚睡醒的海鸥沐浴着太阳红色的霞彩，嘹亮地叫唤着。我无心欣赏瑰丽的景致，沿着沙滩向前走，登上山坡，向出海口走去。

出海口，风大了，呼呼叫，浪大了，像洁白的小绵羊，一朵紧赶一朵地朝前跑，拍在岸边铁鞭抽打似的啪啪响。

港湾里，一群海鸥翅膀击起一片白闪闪的水花，旋风似的离开海面，掠过我眼前，歪歪斜斜，向远远的一座小岛飞去。

我心里一亮。听大人说，那岛上有好多好多海鸟，遍地是海鸟蛋。红嘴海鸥的家肯定在岛上。我决心上岛看看。

海边漂荡着几只舢板，上面有篙子、橹。镇上人回家都将篙子和橹绑扎在舢板上。我脱下鞋子，披在腰带上，挽起裤脚，拔起一只舢板扎在沙滩上的小铁锚，涉过水，爬上舢板。我操起细长的篙子，对准浅滩，东边点一下，西边点一下，舢板悠悠地离开浅滩。水深了，我操起橹，一推一扳地摇将起来，橹后旋下一串一串滴溜滴溜转的漩涡，舢板犁开像梨花一样洁白的浪花，飞似的跑起来。

我一踏上小岛，一只一只海鸥呼啦啦地从四面八方飞起来，遮满小岛。

小岛，其实是礁石丛，不大，光秃秃的，无草无木。有的礁石被海浪冲淘得圆溜溜，像枚大鸭蛋，有的百孔千疮，如马蜂窝，有的形如卧牛，有的活像海龟……

满天的海鸥绕着小岛呻吟。礁石上的海鸥用疑惧的目光跟踪着陌生人，咕咕咕地叫。礁石缝里没有什么海鸟蛋，也许被来岛上垂钓的人拾走了。

我猫着腰，攥着弹弓，瞪着眼睛，屏息敛气，东张西望，搜索着红嘴海鸥。可绕岛一周，没有结果。

我向岛顶上摸去。岛顶是三块大礁石垒起来的，上面生着绿茸茸的青苔，滑溜溜的，很不容易攀登。我顺着礁石之间的隙缝，蹬着凹坑，朝上攀。攀一阵儿，我朝四周观察观察，看见每一个不大的洞里藏着三四只海鸥，它们看见了我，扑棱扑棱地乱飞出来。我的手刚伸上岛顶，上面几十只海鸥一阵风地飞起来。蓦地，我眼睛一亮，发现其间有一只红嘴海鸥，顿时热血沸腾，像猫一样机灵，从岛顶上溜下来。

红嘴海鸥落在一块刚露出水面的礁石尖上。

我给弹弓包上一块又硬又白的圆石块，瞄准上红嘴海鸥。

红嘴海鸥安详地站在礁石上，嘴巴在水里甩甩，梳理梳理羽毛，洁白的羽毛亮闪闪的，它一只腿缩起来，一只腿支撑着身子，好像睡着一样，一动不动。

从弹弓上射出的石块拖着一条耀眼的白光，射中了红嘴海鸥腹部。它凄厉地呻吟，连连扇动翅膀，想继续站在礁石上，可怎么也站不住，歪歪斜斜，要朝海里倒。一股殷红的血水洇红了羽毛，滴滴答答落在礁石上，渗进海里。它拼命地想昂起头，展开翅膀，用力扇着，要飞起来，飞上岛去。但它无论怎么扇动翅膀，就是飞不起来。血染红了它的身子，它突然身子一歪，掉进海里。海水浮着它，它挣扎着慢慢地摇摆着翅膀，身上的血染红了身边的海水。

"哼，看你神气！"我想到那天被它嘲弄，恨恨地喃喃道。

蓦地，我被海面上出其不意的奇观震慑住，发出一声惊异的叫喊："<u>鲨鱼</u>——"

<u>鲨鱼</u>，海里的强盗，虎一样凶狠。它灰色的身子，像潜水艇一样，将海水一分两开，吞云吐雾地扑向红嘴海鸥。

我吓得紧紧眯上眼睛，不敢看鲨鱼吞食红嘴海鸥的一刹那。我听到红嘴海鸥惊惧哀怜的"欧欧"哭声，听到它长而宽的翅膀挣扎着急遽地拍打着水。一阵儿，我镇定地睁开眼睛，看见的是一片水的烟幕，红嘴海鸥狂扇着翅膀，贴着海面，向远处飞跑，那洁白的羽毛和搅起的洁白的水花融为一体，爪子像锋利的犁铧，插在海水里，刺开海浪，划出一条亮亮的直线。

鲨鱼转了一圈，包抄着红嘴海鸥，灰色的身子闪现着冷光，像剪刀一样的尾巴，凶恶地鞭抽几下海浪，砸得海浪粉碎。猛地，它凌空腾起，露出洁白光亮的肚子，像个酩酊大醉的黑汉子，双眼瞪着天空，扑向红嘴海鸥。

不知哪来的力量，红嘴海鸥平展着翅膀，不顾一切地离开海面，鲨鱼的嘴巴擦着红嘴海鸥的细细的爪子掠过。鲨鱼笨重的身子一滚，恼怒地用像刀一般锋利有力的鳍，击起一排水花，扎入水里。

红嘴海鸥向岛上飞来，看出它的惊惧还在心里，明亮的眼睛搜索着海面，翅膀一张一张，身子忽上忽下，每飞出一步，显得十分吃力和艰难，随时随地有掉下来的危险。

呀，它真的像一片树叶摇摇摆摆掉下来，落在海面上，鲨鱼从一边"哗"地冒出水面，箭一般地劈开海浪，气势磅礴地压过来。

我的心一下提到了喉咙，两只眼珠子鼓凸着，叫起来："快飞起来，鲨鱼追来啦！"

"它能飞起来吗？"我紧张地想。

红嘴海鸥恐惧地呻吟。我攥着弹弓，恨不得能帮助红嘴海鸥出把力，赶走鲨鱼，可是隔着那么远的海水，石块射不到鲨鱼……

红嘴海鸥扇动着不灵活的翅膀，离开了海面。我高兴地蹦起来，用手招呼着："快往岛上飞！"

鲨鱼嘴里喷射着水花，深深地埋进水里，海面激起一串高高的水花。

我不由得敬重起红嘴海鸥。是呀，我战胜红嘴海鸥算什么，红嘴海鸥孤单单的，带着那么重的伤，竟然战胜了人都难以战胜的鲨鱼。是大海教会了红嘴海鸥勇敢，也是大海教会了人的勇敢。

红嘴海鸥慢慢向岛上飞来。我心里忽然像小刀割一样难受起来，不是我，红嘴海鸥能这样吗！我真担心它掉下来，睁大眼睛望着，手里紧紧捏着一把汗。

突然，红嘴海鸥像一块石头沉沉地掉进海里，我忘记了附近的鲨鱼，不顾一切地跳进海里，像在浅滩里游泳一样，飞快地游向红嘴海鸥……

几十只海鸥平展着翅膀，在我头顶上盘旋，深情地"欧欧"叫唤……

四月四,钓蟹子

我最喜欢去蟹子湾,那里礁石丛中蟹子多,什么梭子蟹、靠山红蟹、石杂蟹、遮羞蟹、黄鳌蟹、小龟蟹,好多好多。

在我的眼睛里,街上的赤脚大爹是"钓蟹王"。"赤脚大爹"是别人给他起的绰号,他一年四季,常常裤管绾得高高的,赤着脚,在海水里哗哗地跑,网虾子逮小鱼。

赤脚大爹在海滩上瞅瞅瞟瞟,手摸摸,脚踩踩,就能逮到蟹子。摸蟹子,他手没有被蟹子螯钳住过。他钓的蟹子又肥又大,大都是紫红色的靠山红蟹。那些个头小、肉子少的遮羞蟹、黄鳌蟹和小龟蟹,同他几乎没有缘分。

蟹子湾哪儿水深水浅,哪儿有蟹子,什么蟹子,用什么样的食饵能钓上来,赤脚大爹肚里一清二楚,可他从来不对人说,若被人问急了,就涨红着脸,没好腔地瓮声瓮气说:"瞎扑的!"有谁要跟上他钓蟹子,他想尽办法也要摆脱掉。

四月四,钓蟹子。

一天,我悄悄地跟上赤脚大爹去钓蟹子。

太阳出来了,蔚蓝色的大海里跳荡着星星点点的光芒,海滩边的浪花,像一条弯曲的金线和彩色的花环,海滩上,沟沟凹凹里的海水像一面面小镜子在闪亮。

赤脚大爹赤着脚板,走在硬硬的湿漉漉的海滩上,肩头上细长的网兜杆和钓竿悠悠地颤动着，吊在腰带上的帆布袋，装满钓饵，鼓囊囊的，一下一下拍打着他的屁股。他无意间回过头，看见我尾随着，赶紧迈大步子，走快了。我生怕追不上赤脚大爹，跑着紧紧跟上他。赤脚大爹到了钓蟹地点。我也到了，离他十米二十米的，学着他的样子钓蟹子。赤脚大爹看了，眼边深深的鱼尾纹舒展了一下，无奈地摇摇头，笑着自顾钓蟹子了。

我向着大海舒出一口长气，放下了怕赤脚大爹撵走的心，浑身轻松活泼起来，两眼像清亮的海水一样闪出光彩。

海水真蓝，真清，像明亮的玻璃，钓饵垂下去都看得清清楚楚。

一连四天，赤脚大爹钓了好多靠山红蟹。我也钓了几只靠山红蟹，头一次钓到这么多靠山红蟹，乐极了，心里真佩服赤脚大爹。若不是跟上他，绕到他背后偷看，哪里知道小青鱼能钓上靠山红蟹！蟹子湾的人都是用蚯蚓、蚂蟥钓蟹子的。

谁知，第五天，赤脚大爹只钓了三只靠山红蟹和两只遮羞蟹，我连一只遮羞蟹都没有钓到。我眨巴着困惑的两眼瞅着赤脚大爹，心想，我钓不到蟹子无所谓，赤脚大爹怎么能钓不上蟹子呢？哎，赤脚大爹好像已料到这一遭啦，瞧，不动半点声色，只是静静地坐在礁石上垂钓。

第六天，赤脚大爹没有钓上蟹子，烦躁了，嘴里咕咕哝哝地骂着，钓一阵儿，就换个地方。最后，他把钓竿扔在一边，板着脸坐在礁石上，掏出烟袋，吧嗒吧嗒抽烟，裸露的紫铜色胸脯急遽地起伏着。

四五只海鸥亮着翅膀，在赤脚大爹头旁飞上飞下，转来转去，"欧——欧——"地叫着，好像讥笑着赤脚大爹。赤脚大爹一扬手，它们惊得一闪翅膀，蹿到海面上。

突然，赤脚大爹恼火地朝坐在不远处正瞧着他的我瞪了一眼。他钓了十几年蟹子，用的都是小青鱼，从来没有这样倒霉过，为什么这几天净倒霉？他想，说不定就是我这个小孩子跟在屁股后搅浑了水！

我看出他在怨我，好像是因为有我跟着他，才钓不到蟹子的，他是不许我再跟着他钓蟹子！我两眼勇敢地望着赤脚大爹，心想：自己跟着他没有做错什么，步步小心，不敢脚步重，不敢大声咳嗽，就生怕他撵自己走开。

赤脚大爹蹙着眉，磕磕烟锅，拿起钓竿和长杆网兜，脚步重重地向一边走了。我爬起身，跟上去。突然，赤脚大爹回过头，两眼箭一样地在我眼上戳了一下。我本能地低下了火辣辣的脸。赤脚大爹又走了，我又跟上去，赤脚大爹猛然回过头，我赶紧停住步。赤脚大爹虎起脸，大脚板一跺，我心一抖，转过身去。

晌午，太阳白晃晃的。大海懒洋洋的，闪着耀眼的白光，在礁石下发出像小鱼吃东西的"扑哧扑哧"声。

我仰睡在礁石上，赤脚大爹丢下我，哪还有心思钓蟹子！我头枕在钓竿上，两脚搭在长杆网兜上，两眼微微眯着，敞开小褂，让海风抚摸着肚脐子，脑袋里想着：赤脚大爹去哪儿钓蟹了呢？这阵钓到好多靠山红蟹了吧？想着想着，耐不住了，一挺身，坐起来，想去找他。一回头，蓦地，瞧见赤脚大爹正从一块礁石后拐出来，绷着脸，向我走来。在离我十几米远的地方，赤脚大爹站住了，把钓竿伸向海里。我看着，真有点心花怒放，他在那边没有钓到蟹子，转回来啦！还说是我跟着你才倒霉，我没有跟着你还不一样倒霉！

我畅快地仰睡在礁石上，这时才觉得肚子有点饿了，摸过小水壶，喝个痛快后，拿过妈妈准备的干粮包袱，打开一看，是卤鸡肉，我喉咙里马上像堵塞了什么，心里烦躁。妈妈常给我吃鸡肉，吃腻了，现在不想吃一口。我看见赤脚大爹一动不动地钓蟹子，于是，也翻起身钓蟹子。

一会儿，又一会儿，赤脚大爹没有钓上一只蟹子，我也没有钓上蟹子。赤脚大爹静静地坐在礁石上，我可坐不住了，屁股下像龙虾须戳似的，把线子拎出水面，看看钩子上的小青鱼是不是让鱼虾儿偷吃了。小青鱼好端端地挂在钩上。

"这些臭蟹烂蟹，小青鱼也吃腻了？"我愤愤地骂道，重重地把钩子甩下水，激起的水花还没有散去，心里一闪：兴许真是蟹子吃腻了小青鱼！我想起自己吃腻了鸡肉，蟹子兴许也这样，最好吃的东西，腻了，一口不想吃。我从水里拎起钩子，挂上一块鸡肉，垂到海里。不一会儿，蟹子咬钩了，拽得线子紧绷绷的，忽东忽西。我惊喜地慢慢朝上抬竿子，快拎出水面的刹那间，一手很快拿过长杆网兜，随即，猛地把蟹子拎出水面，网兜从下面一下子兜住蟹子。嗨，一次竟钓上四只大大的靠山红蟹！鸡肉吸引力真大，刚刚蟹子拎出水面的刹那间，一只蟹子的大螯钳住鸡肉，那三只蟹子也争食咬架似的，一只紧钳着一只的大螯。

"钓到了——靠山红蟹——四只——"我兴奋得手忙脚乱，朝赤脚大爹欢叫起来。

赤脚大爹瞧了瞧我，不禁站起身，鼓足精神，攥紧竿子，盯紧水面，好像靠山红蟹马上就要咬他的钩子似的。

我又钓上几只靠山红蟹。

赤脚大爹的钩子没有一点儿动静。他急了，想挪挪窝，靠近我。他心里有数：钓蟹除了知道钓饵的诀窍和会选择地点，会一些小技术外，还有几分"运气"呢！他肯定想我这小毛孩子今天是碰上"运气"了，蟹子犯了哪股邪劲，任凭他钓饵怎么样好，还是钻到我这边来了。

他想挪挪窝，可又感到会在一个乳臭未干的小孩面前失了脸面，他钓了十几年蟹子啦，怎么能沾一个小孩的光？可是，他终究禁不住我这边的欢叫声搅心，禁不住这又肥又大的靠山红蟹的诱惑，顾不得脸面，走过来了。他和我只相隔几步，可还是钓不上蟹子。怎么回事？他怀疑钩子上的小青鱼被什么鱼虾儿偷吃了，拎出水看看，好端端的。

我乐得弯了腰，擦一把笑出的泪花，说："大爹，小青鱼钓不上蟹子啦！它吃腻了！我是用鸡肉钓的……"

赤脚大爹心一动，很快镇静下来。他感到我小孩家太放肆，竟然偷看了他的钓饵小青鱼，更容忍不了的是，这小孩竟敢侮辱他！他从来没听说过，也不相信，鸡肉能钓上靠山红蟹。他用小青鱼钓了五六年的蟹子，哪年不钓上百只靠山红蟹！蟹子湾钓蟹人有谁不服他？那年，他学着外面人，用小青鱼钓乌贼，结果，乌贼没钓上几只，却钓上五十几只靠山红蟹。现在，一个小孩子竟敢偷偷看去了他什么人也没说过的钓饵，并且还敢瞧不起他！看出来，他真想狠狠地剋我一次，发泄发泄肚里的火气，杀杀我的傲气。但他没有这样做，他可能感到心里有愧了，自己胡子一大把，和一个不懂事的小孩子能争出啥？怪就怪自己起初小看了孩子，让我跟着钓蟹子！我猜想他在想，剋小孩最厉害的办法是用小青鱼钓上靠山红蟹，我就会低下头服输！可一次又一次，赤脚大爹的钩子都落空了。

"大爹，"我扔给赤脚大爹一只鸡腿，"保证钓到靠山红蟹！"

赤脚大爹好像脸上被我重重地掴了一巴掌，受到了最大的侮辱。他用脚把鸡腿朝旁边一踢，涨红脸，闷闷地说："检点些！小子。"

我调皮地吐吐舌尖，又钓上一只蟹子。

年轻替代年老是必然的。无论在大自然中，还是在人类社会中，年轻与年老，新生与死亡，始终是一个命题。人的年轻的困境常常以不得已的缄默而叹息。年青一代成长的困窘，说明守旧、僵化是多么顽固。要走出年轻是要有付出的。曾经的年轻现在不可能年轻，不再年轻能走出沉重的思想吗？是等待时间的浪潮把自己逼上人生的末端，还是选择发掘自身精神再来新生？

第二天，第三天，赤脚大爷只钓了四只靠山红蟹。他应该感到我说的不是假话了，但说什么也不相信，一个刚念小学五年级的小孩能知道蟹子吃腻了小青鱼，鸡肉能钓上靠山红蟹，难道他钓了十几年蟹子，竟不如小孩？

第四天，赤脚大爷横心试试鸡肉钓蟹，第一次第一钩，钓了两只靠山红蟹。他肯定心惊了，鸡肉钓靠山红蟹这样顺手！钩子一落水，蟹子马上就咬钩了。

我瞅着，冲赤脚大爷顽皮地眨眨眼睛，笑道："大爷，鸡肉钓的吧？"

"大爷不用那玩意儿！"赤脚大爷依然嘴硬，闷闷地说道，避着我又把一块鸡肉挂上钩子，赶紧垂下海。

灯　鱼

　　到过我的小镇的人，都说小镇海美、山美。小镇海美离不开山美，山美又离不开海美，可我更觉得，小镇的山水之间，最美的是桨声。平心静气聆听桨声，有铁船的，有木船的，有几千吨海轮的，有单薄的小舢板的。白天，桨声听不清，却能看得见，桨后旋起一圈一圈梨花般洁白的浪花，招惹得天上的海鸥成群结队地俯冲下来，吃着从海里搅腾起来的鱼虾。

　　夜晚，桨声是听得见的，在夜色下，听宁静海面上的桨声特别有韵味，那桨声被倒映在海面上斑斓的灯光里，闪烁在船上人一明一暗的抽烟火光里，飘浮在摇桨人悠哉的谈笑声和轻轻的咳嗽声里。夜色把桨声点染得诗情画意，流光溢彩。夜色下的海面已不再是爽人的蔚蓝色，而变成了夜一样的蓝黑色，像一张无声的唱片，桨声这时听起来清朗、真切，能辨出是什么样船的桨声，那节奏快的肯定是大船，节奏慢的一准是小船，有力的是柴油机，柔韧的是手摇的舢板，大船桨声像海豚出水，浪花四溅，噗噗有声，小船桨声像海浪在礁石丛里慵懒的摇荡声响，舢板桨声像一尾尾小鱼在岸边觅食发出的喋喋之声。桨声在海面上弥漫，在山城里回响，在大山间缭绕。

　　摇桨看起来简单，其实学问深奥，不是三两下就能学会的。我们小镇的桨，不像南方河汊里小船上的桨，小镇的桨，渔民叫橹，长长的,在船尾操摇着。看一个人摇桨的功力,从桨声就能听出来。桨声又粗又深又厚,那是划水有力,有节律,船听使唤,走得快,走得直,是功力深的。桨声飘飘的、空洞洞的,那是划水浮浅,小船不听使唤,碰碰撞撞,转圈圈,肯定是新手。

享受桨声,是一种境界。

我的街巷有一个叫海兰的小女孩,在海边曾荡响过一次清纯美丽的桨声。

我家下面的海湾里静静的,那里没有人家,只有岸边不远的渔业公司小码头上的灯火昏昏欲睡似的,光芒穿过黑夜的纱幕,射到海面上。别的,一切都沉浸在黑色里。

"嘟嘟——"最后一班小客渡拖着长长的灯影离岸了。

一个市里来的人焦急地站在小码头上等候船只。他和三个朋友今晚要赶到对面的海岛上办件要紧的事儿呢!

我们街巷里的一个梳着齐耳短发的小姑娘海兰,赤着脚,挎着竹篮子,站在他面前,甜脆地问道:"买灯鱼吧?"

"灯鱼?"那人惊奇地望着海兰,从篮子里拿过一只灯鱼。这是一种奇特的鱼,在远海常常能捕到,我们小镇前的海里有时也会捕到。这种鱼一拃多长,肉嘟嘟的身子,脂肪很多,晒干后,穿上一根灯芯,立起来当灯点。那人觉得好玩,想买一只留念。

"一只多少钱?"他掂掂灯鱼,兴致勃勃地问。

"十块钱。"海兰脆生生地回答道。

"一块钱卖不卖?"那人狡黠地问。

海兰摇摇头,从他手里拿过灯鱼说:"我大大从那么远的海上捕来,熬风喝浪,才值一块钱?"

那人不屑一顾地把灯鱼扔回到海兰的篮子里,说:"这么点东西,这样贵,没有眼睛说的话!"

海兰眉毛动了动,牙齿咬住发抖的嘴唇,流泪了。她不想流泪,两眼紧紧地眯着,想止住泪水。

这时,朋友喊那人,"有船啦!"

他趁机摆脱这难堪的场面。

海边轻轻地摇荡着一只舢板。那人马上又沉浸在兴奋、激动的情绪里。他是要用舢板载朋友过海。他刚刚学会摇橹,想今天能过过瘾。朋友们跳上舢板,他把海滩上的铁锚搬上船,准备起航。忽然,他犹豫了,听人说起过,这海湾里有不少礁石,白天,无风无浪行船还可以,可到了晚间,尤其是大风大浪天里,就是常闯海的人行船都有些吃劲。他有点怕了,可朋友们又急着要上岛……

圆月悄悄升上中天,月光照在海面上,大海现出柔和的色彩。他心亮起来了,这么好的月色,行船没问题。这天保证不会起大浪,即使起大浪也不怕,听人说,这岸边小码头上的灯光就是灯塔,看准了它,撞不了礁石。于是他操起沉沉的大木橹,朝海滩上一撑,舢板离岸了。

"哎——"小码头上有个人,朝他们不停地挥动两手,顺着海风,可着嗓子眼,招呼道,"回来——"

借着月光,他分辨出来了,原来是卖灯鱼的那个小姑娘。她的呼声,踏着海浪,在静夜的空气里清清亮亮地飞过来。

他停下了摇橹,朝声音发出的方向望去。她站在那里,挥动两手,呼喊着:"我大大说——今天月亮套风圈——刮大风——"

他望望天,圆月旁边黄半圈。听人说,圈儿套月亮,大风满天扬,没听说过,月亮旁边黄半圈,大风满天扬。他一只手套在嘴巴上,做成喇叭形,朝她大声喊道:"没事儿,我们有眼睛——"

哗——哗——静静的夜空中响着飞快的摇橹声音。

一小时后,朋友们上岛了。那人独自摇着舢板回来。船行到半途,起浪涌了。他身子不由得摇晃起来。这时,圆月也钻进了云层,海面被黑暗紧紧包住了。一层一层黑色的浪涌,像一堵一堵高大的水墙，从黑暗中压将过来。一排浪涌把舢板一会儿托上浪峰，一会儿又甩下浪谷。他心揪得紧紧的，心里明白，一场风暴在远处开始发作了。若再来几个大浪，他脚下的船肯定要船底朝天的。他一手操起木头畚箕朝外戽水，一手稳住橹，迎住浪涌，防止撞上礁石。现时，看准小码头上的灯火直走，还来得及上岸。

橹，摇得海水哗啦啦地响。

这时，岸上灯火突然熄了！那人心陡地塌了下来。他想，莫非是眼睛看花了吗？揉揉眼睛，朝前看看，还是黑漆漆的。他恍然想到，这海湾常停电。他紧张得浑身汗毛竖起来了。看不见对岸的灯火，那就失去了方向。顿时，泪水涌出了他的眼睛。不知怎的，他想起了卖灯鱼的海兰，她的招呼声在他耳边轰响起来……

舢板被浪涌一会儿打向东，一会儿打向西。他觉得头发沉，心发慌，不一会儿，"哇——哇——"呕吐起来。他做好准备，如舢板撞上礁石，就抱住橹跳下水……

亮光！他眼前蓦地跳出一星鲜红的灯火。啊，应该是小码头上的灯火。这是什么灯火？是哪个好心人为我点亮的？刹那间，一道生存的闪电划过了他的心，让他周身的血液燃烧着。迎着灯火，他的舢板飞快地左右摇晃着向前摆过去。

舢板靠上小码头，刚抛下锚，他腾空一跃过去。走了两步，只觉得天旋地转，腿一软，瘫坐在礁石上。歇了歇，他翻腾的心才算平静下来，抬眼见一只小手拿着一只灯鱼，另一只小手不时地遮挡着海面上吹来的风，跳动的火苗，映照着小姑娘冻得青紫的小圆脸。卖灯鱼小姑娘！那人一骨碌翻起身，攥着海兰的手，激动地抖着嘴唇，问："你点亮的灯鱼？！"

海兰笑了笑，眯着眼睛。

想起刚才在小码头上买灯鱼的事，那人心里一阵难过，说："小妹妹，我……对不起你，别记恨……"

"谁记恨了？"海兰嘻嘻地笑了，脸蛋上现出两个深深的、甜甜的小酒窝。

"那你睁开眼睛看看我啊？"那人喜上眉梢。

海兰抿抿嘴。

海上翻起大浪，远处近处轰响着闷雷般的声音。灯鱼火苗忽闪忽闪的，起风了！海兰急忙用手遮住灯鱼的火苗。她把灯鱼塞进那人手里，说："给你，照个路，我要它没用。"

那人愣了。

海兰笑了，轻轻地说："我眼睛看不见东西。"

盲人！那人头脑嗡地一响，两眼呆呆地盯着手里灯鱼跳动的火苗。他想不通，小女孩怎么会是盲人呢？她做的事，他这个有一双明亮眼睛的人能做出来吗？他不相信她是盲人，他相信小女孩的眼睛像灯鱼火苗一样明亮。

大海是地球上最大的宗教，海之灯用温暖的宗教照亮人的魂灵。

海之灯告诉我们，黑暗是用来唤醒光明，沉默是用来启示声音的。这个世界上注定没有黑色一片、沉默无声的物类，大海深处黑暗，物类心里光明，它们自由奔放；高山、森林、沙漠、戈壁都有自己的生命，发出自己的声音，只是我们人类认识有限，听不见和不理解罢了。黑暗和沉默用它们的无声、无息、无形的声音向人发出渴望的光明和声音，这本身的强力要胜过千百倍的光明和声音。

像草绳子一样的蛇

太平洋上吹过来的海的气息，让连云港云台山成为暖温带与北亚热带过渡地带，山、海、陆、滩，地形地貌多变，既有温暖带特征，又有不少亚热带"飞谷"，生物资源丰富多彩。每次走进她的怀抱，总是有种情感拨动着我的心弦。中国的南方北方之分，很多人以黄河或淮河作为界线，黄河和淮河以北为北方，黄河和淮河以南则是南方。连云港云台山应该是南方北方的分水岭，这是大自然的赐予，北方与南方的植物在这里共生存、同飞舞，若北方的植物离开云台山朝南挪一挪，就不会习惯，长得不顺；若南方的植物越过云台山，会水土不服，发育不良，成活不多。北方树种有很多：赤松、怀槐、大果榆、蒙古栎、糠椴、酸枣等；南方树种有：红楠、紫金牛、南京椴、庐山石楠、羽叶泡花树、苦枥木等。山上植被以被子植物中双子叶植物集群、崛盛、喧嚣而多娇，单子叶植物少了，形影孤寂，不成气候，包括乔木、灌木、藤蔓植物，以及林间、林下的草本、蕨类、苔藓、地衣等，相依相偎，休戚相关，共同在这里完成着生命的繁衍。山上四季见花，木兰科的，白玉兰、荷花玉兰等；蔷薇科的，山里红、野蔷薇、野珠兰、华北绣线菊等；山梅花科，疏毛溲疏；含羞草科，山槐、合欢；蝶形花科，山豆花、龙爪槐、美丽胡枝子、紫穗槐等；忍冬科，金银花、金银木、郁香忍冬、锦带花等；杜鹃花科，杜鹃、满山红、闹羊花。五彩缤纷的鲜花吹满山上，各种野生药材与人类百年邂逅。有些药材在江苏是独立特有的，如紫草、辽吉侧、金盏花、北枳桔、楼斗菜、烟台百里香、北沙参等。一种被称为能医治百病的灵芝草，勾起我多少美好神奇的想象，它成了我解脱苦难、承载欢乐的灵丹妙药。我很想见见这灵草，但没有听说谁挖到过。想象纠缠着我。有人说，它长在悬崖峭壁上的背阴处，不容易采到，且会躲藏。这蒙上了一层神秘的雾霭，使我的好奇筋疲力尽。上高中时，我终于在学校医疗室第一次见到梦牵魂萦的对象灵芝草，它属于菌类，咖啡色，形态像是一朵祥云，是一味药，不像传说中的那样神话。解开了一个结，就了结了一个想象。人生是由一个一个结组合而来的，了结了一个结，又会有一个结在等待着你。

　　云台山是鸟的世界，她早在四五千年前就是一个鸟的王国。这里的原始人类东夷族非常崇拜鸟类，以鸟为图腾，部族规定对鸟禁杀、禁捕、禁食、禁用。这儿有的山和岛是以鸟来命名的，东西连岛叫鹰游山，鸽岛因鸽多而得名，羽山因鸟栖身而闻名。我的小镇外海的前三岛现在是鸟岛，仿佛海上的鸟全部云集在这里。云台山上的鸟类有217种，有国家一类保护的，丹顶鹤、白鹳、黑鹳、中华秋沙鸭、白冠长尾雉、白尾海雕、白腹军舰鸟等。常见的是啄木鸟、石鸡、灰喜鹊、花喜鹊、长尾雉、乌鸦，它们成群结队地起起飞飞，遍布山野，有时飞起来密密麻麻，遮天蔽日，震撼魂魄。我捉过麻雀，打过麻雀。鸡蛋般大小的麻雀，最喜欢钻黑松林，在里面像黑色的闪电自由往来。它站在树枝上，身子一刻不肯闲着，摇头晃脑，不是亮亮翅膀，就是翘翘腿，微微尖翘的小嘴，只要没人驱赶它能从早到晚不知疲倦地"喳喳"吵着，这也到有声有色地显示出山里弥漫着的温润的爱。这小家伙鬼精，耳聪目明，反应速度极敏捷，赤手空拳想逮到它不容易，常常是没等你看清它早已发觉了你的图谋不轨另择高枝了。我用一种专门为麻雀而设计出来的竹笼子活捉麻雀，里面放上一只麻雀，喳喳叫着，它的同类聪明不过人，真的以为它的同类呼唤它来共享快乐，朝笼子的翻板上刚一站，还没等叫出声来，被翻掉进笼子里。麻雀最终的死亡是在人类手里，正像南极冰川融化退缩是在人类手里缔造一个样子。

人类的文明是一种贪婪，是海的一种苦难，走不出的噩梦。嘴是人类贪婪最大的工具和黑洞，人什么都吃，吃鲸鱼，吃鲨鱼，吃了小鱼小虾后，余味未尽，又吃陆上的万类，吃猴子，吃会眨眼睛、会飞、会跑、会游、会爬树一切有生命的东西。人类说不定哪一天还能把海水喝个精光，带给人类自己无尽和并不想吞咽的苦果。

云台山上的石头让海风吹得嶙峋峭拔，个性突显，令人敬畏。我的街巷的山顶上就有飞来石、牛来石、滑皮崖、憋死猫等等石岩。这些石头的名字都有来历，如飞来石这块石头，说是老鹰变成的。原来在这里把守海口的是东海龙王派来的八带鱼。这条八带鱼十几丈长，八条大腿像八条毒蛇翻动。它仗着龙王的势力欺人，缠翻很多渔船，搅死无数鱼虾。住在连岛上的一只老鹰见了八带鱼的恶行，忍无可忍，扑向八带鱼，咬断它五条大腿，抓瞎了它的一只眼。八带鱼逃回龙宫，谎称老鹰准备打进龙宫。龙王勃然大怒，派数千虾兵蟹将包围了连岛。老鹰寡不敌众，最后被抓走了。龙王给老鹰定了死罪，准备开斩。老鹰挣断绳子，逃离了龙宫。龙王请来雷公帮忙。雷公连打两声响雷，打断了老鹰的两只翅膀。老鹰不能再飞了，落到了云台山上，化作一块巨大的石头，人们就叫它"飞来石"。

面对的大山只是一个森然的外貌，真实的大山只有走进去才知道它的厚重和太大的内涵。蛇为大山的冷漠和惊悚点上了一块粗浑的色斑。厌恶蛇也许是人与生俱来的，长长的，光滑滑的，油腻腻的，闪着白光，看不到爪却在草地上弯弯游走，三角眼里布满生冷敌意，口里探出鲜活的信念，杀气腾腾。

人类记不得蛇类为地球和人类所带来的扑灭鼠疫的公益好处，只知道它会伤人。我是怕蛇的，一直生活在怕蛇的阴影里。我的街巷里见蛇是人人诛杀。云台山上野生爬行类有8科17种，主要有山地麻蜥、丽斑王麻蜥、无蹼壁虎、水赤链蛇、赤链蛇、乌凤蛇、锦蛇、蝮蛇。蝮蛇中有红、白、灰三个种类，小镇人叫霸王蛇，它生性身子不好动，嘴巴正好相反，很勤快，你稍微动它一下，它毫不犹豫给你一口。它对什么都不怕，即便有人举起什么要打死它，也不在乎，慢悠悠地离去。灰蛇也就是秃灰蛇，最有毒性，咬人一口抢救不及时就会丧命。

山上有蛇，山下人家也有蛇。有个青年人夜晚上厕所，里面漆黑一团，什么也看不清楚。他刚蹲在旱厕上，下面一条秃灰蛇翘起头来，对准他屁股上不分青红皂白咬了一口，他惊恐得哇哇大叫，幸亏送医院及时，捡回一条小命。家家周围草堆下都有蛇。我家房后的邻居家搬迁草堆，发现一条又粗又长的赤链蛇，身上黄一圈黑一圈的斑纹精致剔透，被人发现后，它蜷曲一团，一动不动，人看了身上都泛起鸡皮疙瘩。一个胆量大、外号叫王大侉的码头上干粗活的汉子，用锨铲起蛇，它还是一动不动。王大侉把锨里的蛇端到小涧沟边，点上一把火烧了。蛇身上油大，火焰烧得蹿老高，还啪啪地响。在我心底里，我是见过一条大蛇，虽然没有亲眼看到它的磅礴气势和凛然威风，但钻进它在草丛里游走过留下的水桶般粗的穹窿，可以想象到当时它有多粗、气势有多大，嘴和眼里看到的不仅仅是巨大的凶光，更多的是超越了自然的自由、充足的自信、威严的尊重和无法阻挡的力量。上山拾柴草经常与蛇打交道。一条蛇像草绳子一样横在你面前，挡住去路，你就得想法驱走它，它若不走，你就会与它较量勇气、胆识和力量。

我曾和一条青翠蛇面对面对峙过，距离不足一米。青翠蛇不粗但很长，一般有一米半长，身上斑纹泛青色，性情温和，即使伤人也没有毒。看到它我还是害怕。它守在我面前死活不走，于是我动了杀意。我从一边折了一根细柔的杨树枝，用镰刀将细的一头削得尖尖，像竹扦子，准备用它刺死蛇。我们街巷人都认为，杨树上有蛇特别怕的汁液和它最难忍受的味道。我紧紧攥着杨树扦，朝蛇一小步一小步走过去，慢慢走近它时，心不由得发毛、发虚起来，两腿有点软，生怕它突然抬起头，一口咬到我。我下意识做好往后撒腿跑的准备。它还没有动静，正当我手里的杨树扦瞄准着准备猛狠地戳向蛇，它抬起头静静地盯着我。我盯了一眼蛇的眼睛，它眼睛和身体几乎一个颜色，里面是平静的，但像大海一样庞大的平静里储满力量，随时会风起云涌，掀起滔天巨浪。我是被它摄进眼里了，可对待我的态度平静安详。

它可能还在端详我，解析我为什么闯入它的鸟语花香的家园，打破它本来平静安闲的生活，问我怎能这么固执己见，不肯退出它的草地。它也许在揣摩，这个人此时此刻面对它，胆子看上去很大，不过从黯然的目光里看到了胆怯，从脸上发黄和痉挛的情形，还有微微抖颤的两腿上看到了支撑身体的意志正在一点点失散、溃逃。我身上有的一点儿胆量是假的，是贴在外表做个平静的样子，保持做一个人的尊严。蛇越平静我越不安，两腿发软，手里的杨树扦越是抖抖地无法戳向它。平静是大气象、大文化。蛇的平静逼使我心理防线垮塌了，恐怖起来了，蛇这时应该调整姿势，摆开架势，吸上一口气，稍稍使上一点儿力气，发起对我的攻击。我会惊吓得手足无措，尿裤子瘫软在地上，成为它的战利品。蛇却没有敌意，依然守着自己的领地，平静地守着我。

平静是一把匕首，是一道魔咒。当时，我年幼无知，没有品出平静的、博大精深的、包容和谐的内涵，想不到把蛇与人当作大自然中的并存依赖的生命。蛇原谅了我的冒昧的粗鲁和有失教养的风度，没有用无边的魔力攻击我，让我丢掉高高在上、主宰地球上万物命运的人类的尊严，而是用平静善待了我这个貌似强大的人类。

　　蛇是把我看透了，把我心里所想的、所怕的看得清清楚楚，人啊，怎么会是这样？它眼睛没有再看我，也许根本看不起我，心里讪笑我，真是没用，道貌岸然，纸老虎，这么一点儿胆量怎么还硬充人呢？蛇从一边的草丛里慢慢游走，它的身体是那么柔韧和灵巧。

果园里的月光

海风吹拂的地方,绿肥红瘦,桃李飘香。

小镇东边的磨刀塘,也叫红石嘴,一个弯如月牙的山头戳在海里,浪拍如雪,涛声满眼。海风不分白天黑夜抱着磨刀塘使劲地吹着、摸着、搓着、揉着,山湾斜坡上的果园里的草蹿着长,树上的山楂、梨子、苹果、桃子都一个赛一个的大,压得枝头弯弯的,远远看去,绿叶快不见了,只有密密匝匝的果实。果园下,是一条窄窄的弯弯的沙石土路,走过的人都会闻到果园里飘逸过来的果实芬芳,站住脚,朝上面看看,舌根下泛起一团甜丝丝的涎水。

磨刀塘果园里的桃李都是在小镇上卖的。

我们一群小孩子惦记上了磨刀塘果园。

小孩子是做蠢事的年纪。年纪比我小、头脑却要比我聪明的王潮,悄悄地对我说:"想吃山楂吗?"

"想吃,哪里有?"我迫不及待地问。

"磨刀塘多了。"王潮盯着我的脸说,"我和几个人准备晚上去偷,你去吗?"

偷?我犹豫不决,有点害怕。我没偷过别人的东西,平时外人给的东西都不吃的。王潮看出我的胆怯,鼓动说:"没事的,那么大果园,钻进去没人会看见。"

机会被大多数人占领就不是机会了。我把偷山楂看成是一次幸福生活的机会，不能不去，如果别人知道，去了，就成了他难得的一次机会。我鼓起勇气说："去。"

王潮说："你带上一个书包装山楂。"

我说："我衣裳上有两个兜子呢。"

王潮不屑一顾地说："装不下。到时你知道，满眼是山楂，巴不得摘下来全装衣兜里。另外，万一有什么事，跑起来，衣兜里装不住的。"

我们约定，七点天黑时出发。

美国诗人华莱士·史蒂文斯有这样一句著名的话：白天是欲望，黑夜是睡眠。这时，在我眼里，白天是欲望，黑夜里还是欲望，不要说睡眠了，眼前像放电影一样迭现着山湾里青草深深的磨刀塘，迭现着磨刀塘里的一棵棵山楂树、梨树、苹果树、桃树，迭现着一颗颗红红的、圆溜溜的山楂在树上晃晃悠悠、摇摇欲坠，一个劲想着自己从什么地方爬进篱笆墙，怎么样弯腰，怎么样放轻脚步，怎么样止住因害怕而紧张得怦怦跳动的心，怎么样灵活地一声不响地爬上树，怎么样使手脚飞快地摘下山楂，怎么样眼也不看地把山楂丢进书包……

五个人都背着书包，趁着夜色，匆匆赶到磨刀塘山顶上，像獾子一样潜伏在草丛里。我朝果园里看了看，见果园中间的一间茅屋前，树上摇曳着一盏马灯，有三两个看守果园的老头子抽着烟袋，在咳嗽声中聊天。我依稀看见一个身子不高的老头子，他姓张，住在我家附近，常常给我们讲"三国""薛仁贵征东"的故事。他是一个好老头子。我心不安地跳起来，万一被他和那些人发现抓住怎么办？

王潮像老练的指挥官，看了看果园里，听了听动静，镇静地说："从上面下去，摘了山楂从下面篱笆墙下出去。"

我们都点点头，仿佛就要偷越敌人封锁线一样，生死难料。

最后，王潮不放心强调说："不要怕，他们在明处，我们在暗处，看不到我们的。如果他们喊话，说看见我们了，让出来，我们千万不要出来，那是诈唬的。"

我紧张得手心里汪满汗水。

像五只猴子，我们眼尖脚快、双手敏捷，无声无息地进了果园。

茅屋前的老头子朝着果园里喊："谁偷摘东西？我看见你啦，出来，再不出来，我过去用鱼叉戳了……"

诈唬！我们早早识破了会讲故事的张老头和那些守果园人的妙招，平静地潜伏着。

王潮第一个爬上树，后边的我们几乎一拥而上，站在树上，扯摘着山楂。

月亮出来了，光华如水，泼遍果园，绿叶和桃子、苹果闪耀着白色的光泽，一棵一棵树轮廓分明，枝枝杈杈线条清晰优美。我敢说，这个晚上是我平生所见到的最姣好的月色，月色下的果园如蒙一层轻纱，如梦非梦，像一张国画，我如果不是嘴馋，躲在别人屋檐下偷摘几颗山楂，一定会昂起头、叉着腰，好好地饱赏一下此情此景，抒发一番情怀的。

我们不知道，月光竟让我们"原形毕露"，无处藏身。茅屋前的老头子居高临下，在月光下，看得远，也看得清。他们发现不远的几棵山楂树的枝叶晃晃荡荡，马上知道是有人进果园里偷山楂了。

一个老头子喊道："谁偷摘东西？我看见你啦，出来，再不出来，我过去用鱼叉戳了……"

听了喊声，我们停了一下手，随即，又紧张地忙碌起来。我们心想，老头子故技重演，让他喊吧，我们尽可以安安静静地摘山楂。

老头子又喊话了，还举起马灯晃了晃。

我们屏住呼吸，一动不动地站在树上。

几个老头子举着鱼叉，脚步重重地走下来了。

王潮低声说:"我们被发现了,跑!"

山楂树似乎一下子倒了,我们四散奔逃。

我从篱笆墙下晕头转向、稀里糊涂地钻出来。一个老头子紧追不舍,像是我身后的一道影子。怎么甩掉老头子呢,我看了看脚下的陡坡,不问青红皂白跳下去,朝着礁石丛和大海跑去。

苦难是用来拯救人的魂灵。

大海也是用来拯救人的魂灵。

大海,换我心里的一动,老头子若追赶过来,我就跳到海里,这么大的海,能容不下一个人?我相信大海的力量,它能使我逃脱汹汹来临的灾祸。

无边无际、滚滚而来的波涛皱褶,上下千年万年遮蔽了多少未知的人和事。波涛上绽放着的浪花好似幻觉的天籁之声,它可能照亮了老头子的内心,让他找到了感动的安静,有了一阵温暖、愉悦,很快没有了刚刚的怒发冲冠,他朝汹涌的波涛望望,回去了。

第二天早上,我看了一下书包,里面没有几颗山楂。

在街上,我看到了会讲故事的张老头子在街上摆着地摊卖山楂,不由想起昨天晚上惊心动魄的一幕。我不敢看他,正想悄悄地溜走,张老头子早就注意到我了,喊道:"来,你不是我家旁边的邻居吗,吃一把山楂。"

我说:"山楂酸牙,我不吃。"

他抓了一把山楂,放在我手里,笑容满面说:"吃吧,还不好意思。你做的那点事,我知道,算不上什么……"

他认出我来了?我心里忐忑,脸上发臊,觉得两颊肯定像猴腚一样红了,为了遮掩难看,我赶紧把一颗山楂塞进嘴里,连连说:"酸、酸……"

我风吹一样跑走了。

海蛎上的花瓣

太阳从海里拱出来,身上湿淋淋的,冒着水汽,滴着水珠,被照亮的小镇青石板路像一条翻着波光的小河。我的街巷从早到晚几乎看不到太阳,也晒不到阳光,山遮拦住了我的街巷的阳光,只有在中午时间能稍见到一会儿,街巷和人家大抵上每天都笼罩在阴郁中。但这并没有妨碍到我和小伙伴们对性的早期朦蒙眬眬的感觉、认识和兴趣。大人们对我们小孩子这些异样的举动没有动怒叱喝,觉得是正常的,是小镇上的男孩子必然要经历的。他们说,常吃海鲜的男人性欲高,小孩子的性会成熟得早。

我想我的性成熟源于吃海蛎,母亲只要有时间就会趁大海落潮时到礁石上敲海蛎。母亲变着法子要让我吃好,用海蛎包饺子、做面条汤、烧煮豆腐、烙鸡蛋饼,花样繁多,说不过来。没料想,这竟催发我想女人了,梦游女人了。一个女人闯进我心里了,是人生的第一个女人,漂亮女人。她大我几岁,但一点儿没有妨碍我对她的暗恋。街巷里到处是女人,都熟悉,有的比我小,我看不中,只沉迷她一个。我心随着她走了,随着她想了,随着她哀乐了。看着她,我像一个走失的小孩子,多么希望她的手能搀扶我一把,能把我带回家。我喜欢她的笑,喜欢她的说话声音,喜欢她走路的姿势,感觉没有女人走路的姿势有她好看的。我明知对她的爱是单相思,是不可能的,而且是无法言语的,甚至会惹来人的嘲笑,可我还是用目光爱她。我用目光抚摸她浑圆的肩胛、后背、黑发、葡萄一样又大又圆又光亮的眼睛，还有团圆的脸上一双甜蜜的酒窝。我也想过，用什么方式显示一下自己的能耐，让她留下印象，不希冀她对我的感动，也不可能感动，只要能有一点儿好感就足矣了。我经常在她面前昂首挺胸，说话尽量温文尔雅，带着些文采，表现出良好的修养和风度；路上看到梧桐树，明明抓不到的枝条，我蹦跳着要抓到，想显示出腿脚上超凡的弹跳力。她根本没有介意我在她面前的种种表现，她经常地笑，开始我以为是为我笑，后来意识到是为其他的事乐得笑起来。我烦恼，在她面前，我什么能耐也没有显示出来，在她眼里我只是一个长不大的孩子。

　　一天，我蓦然看见她与一个男青年走在一起，肩并肩的，交谈着。我很想知道那男青年是谁，她和他是什么样的关系。我真的怕她和他是男女之间那种关系，越是害怕的事越是发生了，街巷里的人都知道那男青年是她的对象。我心里酸楚得不是个滋味，把那男青年的底细打探得一清二楚。我妒忌他，仇视他，心底期望某一天早晨他突然摔伤了，摔得鼻青脸肿，脸上头上缠裹着纱布。我不知道自己怎么就站在离她家不远的院门口，过去觉得她家门口天上的月亮靠着我很近，月光像一层银水一样的动人，很熟悉，很亲切，现在月亮一下子离自己那么遥远，月光像一层寒霜一样冷清苦楚。高高在上的月亮俯视着我，在笑话我的傻气，我看到了月亮上的嫦娥像黛玉一样落魄悲情地撒着花瓣……

　　她一点儿也不知道我的爱、我的苦涩。我在心底说过她，你的心真狠啊！

　　我想放弃对她的爱恋时，她突然给了我温暖的光亮，让我沐浴在她的目光里。没有想到，她到我家来了，借我一本书。我激动不已，目光错乱。我们之间贴得很近，仅有一拳之隔，她胸前鼓起的部分就在我眼前微微地起伏，她嘴里呼出的缕缕温馨的气息在我脸上和嘴边飘浮,我不敢正眼看她,只是悄悄地呼吸她口里飘来的荡漾着香甜乳液味道的气息,我很快意地呼吸她的气息,在呼吸中努力地挣扎着,克制着激动乱跳的心。她的笑是美丽的火焰,那么耀眼,那么光华,看着会让你呼吸紧张困难,会点燃你身体里的全部血液,让你产生冲动的欲望,想入非非,直至干出难以启齿的事情。我只能用心去想,去感受她的温度、美丽。我很想说一通体现自己水平的话,却莫名中乱了方寸,不知说了些什么。她只借一本书,我殷勤地搬来一摞书,还向她不厌其烦地推荐。她说她很佩服我读了这么多的书。过去眼看要熄灭的爱情火焰又燃烧起来,心脏加速跳起来。我不失时机地渲染读书的好处,实际是意在贬低她那个男青年不读书,没文化,没水平。她是不知道我的用意的,听得津津有味。我暗自得意。

我以为只有我爱恋她,错了,我的小伙们都爱着她。这让我很伤情,我没有对他们说出对她的爱恋,他们也没有对我说,相互藏着一个谜。但他们跟着她下海洗澡,喜欢凑近她身边,看她裸露着洁白的臂膀游泳,看她湿淋淋的单衣服紧紧贴在身上,把女人高高低低的地方都显示了出来,我看出来他们对她的迷恋。他们都愿意为她出上一把力,给她找扶在手里的木头,给她摸索水下哪个地方礁石多。她也会潜泳,这边刚一头扎下水,他们那边跟着把头沉到水里去。说真的,我喜欢跟着她潜泳,在水里睁开眼睛,看她游的姿势,像条美人鱼。她游到浅滩上,直起身子,弯下腰,两手拧绞长发上的水,胸前的衣领一下敞开,露出一片白光。我看见了白光,感到头晕目眩。我赶紧掉过头,不敢再看。我很悲哀,小伙伴们都看到了那一片白光。我感到羞辱。很长时间,我怕撞见她,躲避着。我真的不好意思再见她。我也不愿意再见到小伙伴们。

太阳从大海上升起

天要亮时，我登上了山顶。

起初，我以为自己是起了个大早，幽静的黑黝黝的夜色里，崎岖坎坷陡峭的山路上只有我一个人。爬着爬着，夜色越来越清楚明晰起来，周围响起人的讲话声音，看过去，人影憧憧，不十分明朗。到山顶上，海面上吹来的咸风清凉凉的，身上热涔涔的汗水立时不见了，反而有些硬冷。夜色被硬硬的海风吹拂得像山上的岚气一样散了，无影无踪，不知飘游到哪儿去了，山和山间的草草木木，还有几只婉转啼叫着的麻雀，都刚刚睡醒过来，睁着一双带着睡意的眼睛打量着你。这时我才发现，早有人在我前边上来了，原来上山看日出的人很多呀！他们有男有女、有老有少，听口音都是外地人，大多是上海人、河南人、安徽人。他们生活在内陆，没有看过海上日出，即便是上海人，虽然靠近大海，可真要到大海边，也要走很远很远的路。

海上日出激动人心。海天相接的地方一片铅色的云层，如同山峦一样层层叠叠，一切是那么平静。平静是暂时的。光明的火焰寻找一切契机，寻找难以承受的生命之重，在云层磨砺中，一点一点地突破，黑暗在天东边盛开的一片烂漫的红色杜鹃花中灿烂死去，终于，一轮红日从海面上热腾腾升起。旋即，喷薄而出。这种气势恢宏的升腾和开始，极具诱惑地召唤着每一个人。

海上日出的过程是新的生命诞生的过程，是新的生命开始，昭示着自然和人类，都无法逃避新生的事物必然淘汰替代旧有的事物的规律。

生命的瞬间与永恒

巨大的石块垒成的挡浪坝像一柄匕首刺破波浪,竖插在海峡里,石块上斑斑青苔,被海水浸泡得翠翠的,贴着海水的石块上布满大大小小的蛎壳。坝头子一间水泥小房,是报潮所,给要进港的轮船报潮水。坝里边是港口,平风静浪,波光闪动。外边山湾里的大海,无遮无挡,波浪自由奔放,涛声粗犷号叫。

钓鱼的人都到挡浪坝上。站在坝上就站在海中央了,海风使劲吹着你的头发,浪花纵欲舔着你的脚,你会有实足的自信。

我是在挡浪坝上踩到波浪的,它打湿了我的裤角和鞋子,我也看清了它的一颦一笑。

我曾在坝上坐过几个半天,专门看波浪,看它的细节。波浪在四时季节里变化着,各个不同。春光丽日里,波浪像轻曼舒畅的花,不需要外面任何力度的帮助,完全依靠自身的惯性,轻轻松松地,一波接一波地涌动着,涌向岸边,在岸边没有叹息声地退回来,再涌上去。我脱得身上一丝不挂、光溜溜地仰睡在这海面上,波浪细细地簇拥在周围,像一条条舌尖,柔媚地舔着你的耳朵、眼睛、手、脚,又像一条条小鱼,偷偷摸摸咬着你的耳朵、脚趾和两腿间的玩意儿,让你痒痒的、美滋滋的。

小镇人,尤其是我的街巷里人,见到海里没有大浪,全是细细的碎波浪,两眼乐得眯成一条线,喜出望外,全家人倾巢出门,到沙滩上捞炭。这是沙滩上一道独特的风景。

码头上一大堆一大堆煤炭，被大风和雨水刮进、淌进海里，潮水裹挟着渗进沙滩里。我们街巷里人上山下海能干活在小镇上是出了大名的。他们真行，海里落潮时，波浪像春风里的杨柳款款摆动，他们紧紧抓住潮汐的时间差，在靠近海水的地方，用沙子垒上一个浅浅的上高下低、五六米长、两米宽的三面围堰，从海滩上挖来含煤炭多的湿沙子，堆在高处，用盆或桶舀来海水，不紧不慢浇上去，这样一遍一遍地冲刷，把沙子从豁口流出去，让细细缕缕的煤炭全留下来。山东一些地方缺少柴火的，都来到我们街巷买海炭。我们几乎家家门前都有一小堆遮上油纸或油布的海炭。海炭分几种，有带蛎壳的，烧起来炸小鞭一样噼啪响还冒青烟，这海炭一般不卖，卖也不值钱，大都留下自己烧着。好海炭不带蛎壳，烧起来不冒烟，火头大，也值钱。我的街巷里不少人家靠卖海炭发了一些财，这也没少让镇上有人眼红妒忌。

在挡浪坝上看波浪，一览无余，场面大，有气势，叹为观止。一个阴沉的小雨天里，我走在挡浪坝上，脚下几乎被海水淹没，坝两边的波浪晃晃悠悠地涌到了坝上，坝和海面齐平了，乍一看，天上地下全是海水，看那架势，一个大海装不下这么多海水了，盈盈荡荡，要溢出大海。

海水淹到报潮所门口了，一个大浪就能冲进门里和窗里。守护报潮所是一个老头子，他脚下是航道，水深流急，涛声铿锵。在满眼涛声前，老头子一点儿不慌张，进进出出，像平时一样平静，察看水情，朝标记杆上挂信号竹编球。晚上，刮起大风，大海不再安静，喧嚣起来了，波浪变成了波涛，掀得像开了锅的水一样沸沸扬扬，撞向挡浪坝，浪花飞进，发出"咚咚"的空洞响声，响彻小镇，摇撼着小镇。

黑夜里的大海波涛成了狰狞的魔兽。

挡浪坝在疯狂、失去理智的大海中,震颤了。在波涛轰鸣声中,报潮所似乎飘摇了,摇摇欲沉。万幸的是大海在一点一点地退潮,报潮所有惊无险。

在炸雷般的轰隆声中,小镇人被惊惧得一夜无眠。

小镇上大胆的人冒雨出动,他们穿戴着雨衣雨帽,顶着大风,不顾浪恶坝险,来到挡浪坝上,面朝坝外的汪洋波涛,伸着一杆杆长长的竹竿勺子,抢捞海面上漂流过来的一只只玻璃球。这是海带田里的玻璃球被大风海浪扯断绳子在四处漂浮。一个玻璃球卖到海带厂要值三毛钱,一个晚上有时捞到二十个,那就是六块钱哇!

为了玻璃球,小镇有人不顾命了,跟着玻璃球跑,有人被波涛抓进了黑暗的大海。他们捞红了眼睛,把大海看成了摇钱树,哪顾上什么性命不性命的,钱比人重要多了。老人鼓舞儿子,女人鼓动男人,前赴后继,踩着波涛往前走,多捞取一个玻璃球就多一点儿财富。

我也扛上一根竹竿勺子去了挡浪坝。难忘的一个不眠之夜,汹涌的波涛遮天盖地,挡浪坝在小山般的波涛中时隐时现。波涛不时地从我头上盖过去,我双脚像一根大树深深扎根在坝上,怕海水呛进嘴里,闭着口,眯起眼睛,屏住呼吸,眼睛注视着海面。强大粗暴的波涛想推移着、撼动着我,我用意念叮嘱自己,站稳了,不能动。波涛拿我也无可奈何了。有几次,波涛的力量太大了,像一只大而有力的手猛地推打我一下,顿时,我脸上、背上和腿上像鞭子抽一样的火辣辣疼痛,双脚趔趔趄趄几乎站不住,就差让波涛裹挟下海。我真是把心吊到了嗓子眼,想想都后怕。每一次波涛扑来都会浇湿身子,整个人像刚从海水里爬上来一样湿淋淋的,一个晚上我要被海水浇上几百次。我捞玻璃球没有几回,没什么大经验,大浪来时,会有点心惊肉跳,玻璃球漂过来也不敢冲上去抢捞。有一个年纪比我大的男孩子，只要海上风浪大，有玻璃球，就天天下海。他是一个只要玻璃球可以不要命的人，发现玻璃球过来了，最大的浪也不怕，最险的地方也敢站。这天晚上，我看着他为了从别人手里抢捞到一个玻璃球，一个山一般的波涛扑来时，他冲过去，被带进了大海，在波涛上闪现几下，再也没见到身影。有人掉下海了，死了，开始坝上的人都惊悚，但看到海上漂来的玻璃球，他们又兴奋激动起来，把惊悚和恶浪忘得一干二净。我也是这样一个人。天亮了，走在回家的路上，我尽管筋疲力尽，可还想着捞到的玻璃球太少，别人忙了一个夜晚，捞到十几个、二十几个玻璃球，堆在海边像座小山头似的。唉，我太丢人了！

　　有时，我想，大海是什么，人为什么崇拜、歌唱、礼赞它，甘愿成为它的一滴水？这是人的归属，在那漆黑一团什么也看不到的地方，或许一片光明灿烂的世界里，灵魂在悔过、自慰、满足中去发现道德、善良、邪恶和良心……

　　大海召唤着死亡，召唤着人去死亡。每年农历八月十五这一天，月亮最圆、最明亮的时候，正值海里涨大潮，平日浪潮涨不到的地方，这一天海浪像发情似的就能冲到那个地方。浪潮呼呼地上涨，码头面贴着海平面了，潮水眼看着要漫上来，码头上，露天地里的一堆堆货物开始大转移。

　　大潮汛向我们小镇人发出了浓重的死亡气息。看着满满当当的海水，朝岸上一点一点迅速地爬着，一点一点浸漫着码头上面、渔业公司场院、造船厂工地，我真担心海潮一直涨上来，涨过高坡，涨到小镇街道上。小镇人真怕这一天再起大风，风助浪起，大海会失去平静，狂躁不安地掀起一阵又一阵层出不穷的波涛。这时的海面脸孔变了，上面全是小山般的波涛，一个波峰连着一个波峰，有帆船进去了，颠簸在波涛中，只能看见细细的桅杆，不能见到船身。狂涛像醉醺醺的汉子，在大海上颠颠簸簸地乱窜着，陆地像得罪了它似的，它攥紧的拳头使劲地砸向岸边的挡浪墙，要击垮面前的一切，让面前的东西百孔千疮、体无完肤。每一次波涛冲撞上来，怒发冲冠，歇斯底里的吼叫声在云台山间震荡，迸溅起来的浪花有几十米高，形成一道壁垒森严的水墙，从天上落下来时，那像是一阵不大不小噼里啪啦的大暴雨。

一个阴风怒号、黑云压海、浊浪排空的上午，我们街巷人的心被海上一只帆船揪住了。那还不是大潮汛，只是大风天里，巨浪像一只大象驱赶着一只大象，不知疲累地翻滚、奔腾着。巨浪与巨浪撕咬在一起，扭打在一起，吭吭哧哧，嘎嘎有声，搅腾得大海像开了锅的水，全是乱飞的浪花。一只外地两根桅杆的帆船，在大浪里不停地颠跳，当它吃力地爬出波浪时，我们的心都松了一把，当它忽地埋进浪谷里不见影子时，我们的心又紧紧地揪了起来，真怕它再也爬不出来，不会出现在浪尖上。船上的帆早已落下来，桅杆随着船身东摇西摆，一会儿倾斜到这边，一会儿倒向那边，几乎贴住水面上，岌岌可危。我们都焦虑、失望地说，没救了，没救了。

港口里的海军小炮艇迎着风浪，驶出了挡浪坝，要搭救即将沉没的帆船上的人。我们跑到海边马路上，这里早已站满人群，眺望着海上。我们眼睛闪亮起来，看见帆船上的人激动地挥手。小炮艇是铁壳体的，螺旋桨在舰尾抛出一条长长的浑厚而有力的浪花，它漂在苍苍茫茫的大海上，像一片树叶，忽隐忽现，一个迎面开花浪盖过它时，我真担心它会被埋在海底里。小炮艇开出挡浪坝没有多远，抗不住风浪，迅速地趑回了头，匆匆忙忙开进了挡浪坝里。

帆船上的人绝望了，无声无息。

一瞬间，帆船在一排大浪咆哮声中悲壮地倒在海里，它像一条死鱼，船底朝上漂浮在浪涛里，随波逐流。我们看着，不禁惊惧地"哎哟"了一声。人有时会放纵贪婪，背叛信守对海的许诺，被带入悲哀的深渊。

山洪暴发时，大山与大海会相互撞击，那场面，那情景，电闪雷鸣，山呼海啸，浊浪铺天。大小山涧里的洪水，不约而同地灌向一条大山涧，汇集起来的最大能量，撼动山岳，撼动树林。山洪狂妄到了极点，它眼底没有了天地，肆无忌惮，从大山涧里狂奔泻下，在悬崖上、峭壁上蹦跳着、飞跃着，张牙舞爪，势不可当。顽石想羁绊、阻拦山洪，它轻轻用力一推，把它连根拔起，像玩弄一根椽木一样，任意举着、揉着、捏着、踢着、踩着、骂着，顽石极乖巧，顺着洪流漂着、滚着，流向大海。山洪给海里带来大大小小的石头、草木和大量的泥沙，同时也会把人带进海里，溺死。

　　山洪强大，但大海波涛没有瞧上眼，不以为然，张开硕大的像章鱼一样七长八短的爪子企图阻挡山洪下来，不让融入海里。不过，海的波涛被山洪居高临下的强盛气势压下了、击溃了，山洪浩浩荡荡流入海里。大海扬起一天水花，郁闷地长长一声叹息。

　　山洪常常漫过我的街巷的大石桥。有一个十五六岁的男孩子，去街上买油盐酱醋，经过大石桥时，山洪摇撼得大石桥微微战栗着。男孩子很怕自己被大水冲倒，裹挟下海，一只手抓住桥边的树梢头，朝前挪着走。他就要过桥了，手里的树梢断了，身体失去平衡，脚底一滑，跌倒在桥上，漫过的洪水像饿红了眼的猛兽，抓住他不松手，向大海一直掼过去。男孩子挣扎，哀怜地哭号，然而，都是徒劳的，他的性命已不属于自己，由老天爷攥住，只能听天由命，任凭洪水来耍弄、折磨、摧毁，送给大海。

　　很多人眼睁睁地看着男孩子被掼入大海，他在洪水里像一截小树枝、像一只等待宰杀的羔羊。

　　男孩子被掼入大海的过程，是一个人死亡的过程。

　　男孩子到了海里，灵魂早已出窍。海的起伏激荡的波涛，像千军万马包围着男孩子，浪花的钢鞭抽打着他，他躺在阴沉的波涛上像躺在悬崖峭壁上，波涛的一只只大手把他推来推去、拉上来又踩下去；他在波涛的黑暗中看到了光明的生的希望，却又抓不住漂浮的晃晃悠悠的一缕生的光明。

在众人悲凉的呼号声里，男孩子从波涛上消失了。

人类常常看到的是大海的杀戮，却没有想到她为什么会杀戮。我曾长时间想不通这个问题，以至这本书都写不下去。几次，我独立海边，从下午到傍晚，看海潮怎样一点一点吞没礁石。我悟到，只因有大海的杀戮，她才被人类留下来。人的杀戮是远远走在大海前头的。

小镇上的小孩子天生喜好朝大海里跑，七八岁就会凫水，他们在海滩上、礁石丛里，捉鱼摸虾、小钓。海水的泡，太阳的晒，小孩子浑身上下的皮子像泥鳅一样乌溜溜、光滑滑的。大人们最怕小孩子下海洗澡，小镇每年夏天，都会淹死一个小孩子。大人们防贼似的防着小孩子下海洗澡。小孩子们在大人面前，都是信誓旦旦，保证不下海，可是大人稍一不留心，他们就三五成群地溜到海里。洗完海水澡，他们回到家里，在大人面前拐弯抹角地撒谎，企图让大人相信他们没有下海。大人只需用手指在小孩子脸上、臂上、腿上轻轻划一下，会出现一道海水浸泡过的洁白的盐屑痕迹。小孩子抵赖不过去，耷拉下头，噘起嘴唇，心里不安地敲响小鼓，满脸晦气地等待大人的发落。大人不依不饶地打一顿小孩子，让他记住疼痛，不敢再下海。然没过第二天，小孩子又偷偷摸摸下了海。海的诱惑太强大了，小孩子喜好水是天性了，在妈妈肚子里就是泡在水里的嘛。有的小孩子不上课，谎说生病，跑到海里洗澡。老师最厌恶撒谎躲课的学生，若逮着他们撒谎躲课到海里洗澡，不是在教室里罚站，就是撵到门口站着。老师气急时，会去学生家里告状，小孩子最怕老师来这一手的。

我下海洗澡，没少挨过父亲的揍，是真揍，扫帚柄打过的屁股几天后都会隐隐地疼痛。老师傍晚上门告了状，我躲在外面，晚饭不吃，深更半夜才摸回家。父母睡下后，气慢慢就消得差不多了，第二天最多冲我说上几句狠话，绝对不会再想起来打上我一顿。

我的街巷小孩子凫水比镇上小孩子厉害多了，最拿手的是扎猛子，憋上一口气，在水下能潜游三四十米远。我起初不会凫水，只能抱着一块长木头，在浅水滩里笨手笨脚的像青蛙一样乱扑腾。在海里初学凫水是要付出一点儿代价，浅滩上的碎石头长满的海蛎被人挑开，剔出肉质，留下的壳子锋利如刃，脚一不小心踢上去，立时划开脚上的肉，鲜血如花。我为学凫水手脚上伤痕斑斑。

我的街巷有的小孩子不会凫水，常常被大家抬起来扔到深水里喝海水。我就受过这样的罪，被扔到深水里，两脚踩不到海底时，心里顿时慌张起来，四肢乱舞，没了方寸，嘴巴一下一下地喝起水来，两手在水里碰上什么抓什么，狼狈不堪。岸上的他们望着我，拿手指指点点，哈哈大笑。我在海水里挣扎着，竟一点一点划到了浅滩上。

镇上淹死的几个小孩子中有我认识的，里面有我的街巷小孩子，他们年龄大的十二三岁，小的八九岁。镇上有句话，淹死的都是会凫水的。是的，不会凫水的人也不敢下海。淹死的小孩子水性都是不错的，有的逞强凫到很远的水流湍急的航道上，两腿抽筋不能动弹，又无人及时发现和搭救淹死的；有的小孩子让大浪砸晕了头，呛了海水淹死的。有不少小孩子是扎猛子让脑袋卡进礁石缝里憋死的，还有小孩子脑袋撞在石头上出血淹死的，也有小孩子脑袋扎进淤泥里拔不出来呛死的。

我看过几个从海里捞上来淹死的小孩子，放在海滩上铺平的席子上，他们父母悲伤地伏在小孩子身上，呼天抢地，哭得死去活来。围观的人也暗自流泪，有的还哭哭啼啼。我恨过海，也诅咒过海。

我家旁边有一个叫大牛柱的男孩子，比我大四岁，在我眼里是一个很猛壮的汉子。他不会凫水，这成了我们街巷很奇怪很好玩的事情。有时，他和我们一块儿下海洗澡，我们在深水滩里又是蛙泳、又是仰泳的，他看了眼馋，禁不住诱惑，脱下衣服，只着一件短裤，坐在海边一块浸泡在海水里的斜坡上，两手往身上撩着水，享受着炎炎夏日的海水沁凉和润滑。他太想把自己的全身浸泡在海水里，屁股朝斜坡下挪了一点儿，谁知，一下子滑了下去，海水淹没了头。不会凫水的人在海水里，像秤砣，有人拉着腿脚似的，一个劲地朝下坠沉，又像一只鸭子在开水里煮一样，四肢瞎抓瞎蹬，身子蹿上跳下，扭曲成麻花状，嘴里大口喝着海水。他命大，幸亏在岸边，被人发现捡回一条小命。他被拉上岸，趴放在海滩上，嘴巴朝外痛楚地倒着海水，脸色苍白，眼神呆滞，尽管阳光暖暖地照着，他脸上仍是死亡未散的阴影，刚刚在海水里发出惊恐尖叫声的灵魂还没有收回身上。从此，他再没有下过海，也没提过海的字眼，有人无意中说了些海的事情，他脸色马上变得像死亡一样难看。他人也变了，变化太大了，性情自闭，言语不多，不热情、没激情，不豁达，似乎早早看透了人生，人生的阅历超越了他的实际年龄。

　　一次接近死亡的过程，让他逃离了大海，把自己人生的船搁浅在海滩上，丢失了最不该丢失的完美生命。

　　人脆弱呀！下雪了，嫌天冷，流汗了，嫌天热，寂静了，嫌孤独。地球上万千物类，只有人能独步地球。人是该感谢自己那一点胜于其他物类的慧根呢，还是该谴责追悔自己所谓小聪明的慧根？因为人离大自然是越来越远了。

　　天上的雷电常常选择在寂寞阴郁的世界里滚过大海，向大海抖落会心的一长串的大笑声，又像是要掘开悲剧一样低沉肃穆的沉重天幕。闪电仿佛是炫目的太阳被浓郁的乌云扣盖了，严严实实，密不透风。它闷得喘不过气来，憋得死不得活不得，使尽浑身力气挣脱着，终于，在天际上冲撞震荡出一道道呼吸的缝隙。天穹龟裂了，炸开无数简约、弯曲、明快、单纯的金光闪耀的沟壑。强光全部汇聚在沟壑里,像一把锋利明亮的手术刀,向着无边无际的空间刺穿,并播撒开来。闪电两边像陡峭的黑色悬崖,堆积的乌云像是老鹰在悬崖上窥视着,又像渴求扑向那炫目光明的世界。闪电下,没有浪漫,没有诗歌,没有鲜花,只有死亡。

在海上遭雷电击打而死比任何一种死亡都恐怕。我的街巷有一个在船上干活的大人是在海上遭雷电打死的。大人说,被雷电打死的人,都是做了不好事情的。我想这是真的,因为我们这儿对干了缺德事的人都骂说遭雷劈。我是随大人去他家的。未到门前,就听见一片乱哄哄的哭喊声,闹得我心里阴森森、凉飕飕的。雷电打死的人是不能见天的,也不能见人。据说,死的人雷电会在他身上留下字,说是惩罚。我只是站在屋门口隔着人群缝隙朝里望了望,其实什么都没有望到。死者躺在屋外间的一张席子上,脸上和身上盖着一整张大草纸。大人小声地神秘兮兮地说,他怎被雷打着了,脸上全烤煳了。我不敢待在他家门口了,也没有去想死人身上有没有雷电留下的字,生怕天上的雷电会看见自己,想起我骂过人,尤其骂过大人,还做过对不起大人的事,他们会生我的气,用雷追打着我。我躲开了满屋满院的死亡呼叫声,可是,头脑里还是驱赶不去一些意念,想那死者在雷电击中的刹那间的情景,想那雷电突然间照亮黯黑的大海,想那死者在大海上孤零无助的惨叫,想那死者垂死时的挣扎,想那死者轰然倒下时的脸上冰凉的表情,想那死者身上雷击的字……

我看到了与死者曾在一只船上的人对死者的死一副麻木的神情,他们从雷电中走出来,也可以说,是死过一次的人了,死亡与他们擦肩而过。尝过了死亡更怕死亡,但仍要迎着闪电向死亡走去,这就是海上漂流的人。

雷电是什么?划亮天空,照亮大海,给予了海上漂流人的勇气。

一个人,一个血肉身躯,在强大的自然面前,虽然弱小,比一朵白色的浪花还微小和虚弱，但是，在生命中，敢于与强大的不可一世的大自然坦诚相见、碰撞、比拼，这是何等的血性。人与自然较量，结果可以料想，是自不量力，以卵击石，不堪一击，然而，弱小的生命显示了勇气的强大，和战胜自我的决心和精神。

我能想到，那死者迎着雷电，向着大海，张开双臂，打开自己的心扉，才领悟到的人生意义。

凡是生命大海尽予收容。

凡是感情上承受不住苦罪的，凡是事业上遭了颠覆的，凡是感到在这地球上孤独苦闷的，凡是觉得自己是人群中多余的人的，只要想到死的，就会想到大海，朝大海奔来。

有些人不顾路途遥远、迢迢千里朝着连云港的大海奔来，他们都是内陆的，有的从陕西出发，有的从安徽出发，有的从河南出发，还有的从武汉、上海、兰州、乌鲁木齐出发过来的，男男女女，几乎是二十几岁的青年人，也有些三四十岁的中年人，匆匆奔向大海，投入大海。他们一点儿不留恋人生，一点儿不疼爱家人的呼喊，只认准大海能敞开门让他们进去，能收容他们，洗去苦难。大海像母亲把手臂伸给他们，牵着他们到了怀里。大海让他们死去身体，却使灵魂活了下来。

每年都有三两个外地男女死在我们小镇的海边。我这个不知天高地厚的家伙，哪儿有热闹就朝哪儿跑，听说海上发现死人了，撒腿就朝海滩上跑，等着淹死的人打捞上来。

想在连云港海里死的人也并非那么容易成功，小镇人眼睛尖着哩，一眼会看出外地来海边失意寻死的人，报告派出所，派出所会和他家里联系，让带回去。更难缠的是遇上边防检查站的军人，会带着寻死的人回到站里，给你好吃好喝，用热心的话哄劝你一番，让你回心转意。你寻死的思想弯子一次做不通，他们就做上十次，他们人多呢，轮流做，不怕你思想不通。你肯吃饭了，肯说话了，他们知道你不会再想死,给你买上火车票,送些路上零花钱,使你感动得不好意思再寻死。如果还寻死那真的失去人味了。

外地来海边投奔死亡的人有几种途径。他们尽管采取各种奇怪的死法,但都是在海边坐了很长很长的时间,绕着海边不知疲惫地走了又走,才痛下横心,投入大海的。要一下子告别天上熟悉的太阳,告别关系密切的田野里的庄稼、河流、炊烟、牛羊、猪狗,告别熟悉的有着血脉亲情的那些生命,难!人呀,是没出息的患得患失的灵长类动物。他们投奔大海,冰凉的海水蕴含的话语让他们踯躅,当大海给一点儿温暖后,才快乐地挥手告别人世、奔向未知的世界。他们有的趁大海落潮时,鬼鬼祟祟跑到码头底下,在码头桩上吊死。这样的死,地方很背,知道的人少,常常要十天半月才能被人意外发现。我在海滩上看见过一男一女的尸首,他们一前一后被小船拖上海滩。他们被拖挂在船边,在海水里忽隐忽现,像一条死鱼。女的尸首最先发现的,男的尸首过了半个时辰才发现。小镇人很有经验说,女人身子轻浮上来快,男人身子沉浮上来慢。海滩上的人用绳索套住他们的双脚腕拖上海滩,他们僵硬的身体在松软的海滩上拖划出一道深深的渗着海水的印痕。他们并肩笔挺地躺着,眼里鼻里耳里嘴里都灌满沙子。有人认出他们是情侣,说在码头上见过他俩紧紧依偎在一起,那女的还用手帕把两个人的手腕扎扣在一起。有人肯定地说,他们是从码头前浅滩上一步一步走下水的。有的人寻死,那该是真心要死的,不愿人发现找到尸首,乘船到连岛上,一直向东走,向人烟稀少的地方走,向海水最蓝、最深的地方走。在这偏僻幽静的地方死了,没人知道,也不会知道,死了的人随波逐流,淌向大海深处。影响最大的一次男女殉情是在高山上,那是对大海一次虔诚的悲情。他们选择飞来石下,在一块青草翠绿的平地上,摆上各式各样好吃的东西。他们相拥在一起,把一生的性爱一次做尽了,发誓生死相伴。吃好了喝好了,该说的也说了,他们头挨头、背靠着一棵大松树，女的把自己蝴蝶般的花裙子撕扯成一条条布带，缠绕在两个人身上，使两个人合穿一条裙子，成为一个人。男人魂魄已归附于女人。女人怕男人最后时刻犹豫、逃走，放弃死亡，先给他灌了敌敌畏，随后自己喝净了瓶子里的敌敌畏。七天后，上山拾草的人发现了飞来石下一双男女尸体，他们眼睛面朝千年不息的大海……

他们都是为了追求而来大海的人，希冀体验海的悠久浩瀚，让自己的心丰富多彩，变成一个大的心灵宇宙。

下篇
海之吻

石板桥

我的小镇故事多，尤其街巷故事多，都是些神秘离奇的故事，它们绝对不是我道听途说得来的，确确实实是真的，就发生在我的身边，以至搅得我几十年心绪不宁，老是想着，还问个为什么。忘不了的东西一辈子都丢不了，那里或许有我们的命运、悲苦，有我们希望得到的海的宗教光芒。我叙述这些故事，努力把海对人性的影响和张扬表现出来，把人的命运在海的默默驱动之下主宰了自己，实现了人格尊严的美。

如果没有海的精粹思想和强悍支撑，我笔下的小镇人尤其我那街巷人，一个一个熟悉的男女，以及自然和动物的命运及故事肯定缺乏营养、供血不足，苍白无味。

家边有一座石板桥，有人喊叫"鬼桥"。

我的衣胞埋在石板桥头，大哥的衣胞也埋在石板桥头。我的小镇和街巷经常在我的梦里絮语，是衣胞留下了我，让我的心在小镇和街巷跳动。

石板桥，三块长板青石铺成的桥，是街巷主要的通道。桥下怪石叠合，山洪暴发季节，洪流湍急，平日小溪汩汩，像女人抽泣。在街巷人眼里，石板桥下很脏，人家办丧事的脏东西都扔在下面。刮风下小雨的天气里，桥下时有什么东西在伤心地哭泣，月色暗淡的夜晚，桥下会有绿莹莹的磷火闪亮。

天一黑，街巷人一般不走石板桥。

石板桥在街巷西边，是街巷上人往来最便捷的路。石板桥边有几座坟，常有绿莹莹的"鬼火"闪闪耀耀的。一个晚上，码头工人王大侉路经石板桥，迎面堵住一个巍巍的模模糊糊的怪物。王大侉见那怪物高不见际、低不见边，吓得两腿发软，身冒冷汗，转头绕道跑回家。

石板桥有"鬼"，一传十，十传百，镇上人晚上都不再走石板桥。

一个十岁的小女孩，其父让她买包糖，她捏着钱，在黑夜里不知怕地来往路过了石板桥，平安无事。其父母知道了，惊骇地问："你看见什么了？"

小女孩想起平日大人常说石板桥有"鬼"，便顽皮地说："我看见鬼了。"

众人皆汗颜，说："它堵你路了？"

小女孩摇头，说："它朝我笑。"

小女孩的父母大惊失色，将女孩牵回家。

小女孩心里笑：鬼是什么样子，我怎么没见过？

灾星与狐仙

我叙述的灾星和狐仙的故事,传说是街巷上有一户人家,家主的大儿子叫福子,二儿子叫庆子,二儿媳妇叫春芳,大儿子福子的儿子叫扣子。福子并非一家之主,真正的全家人的主宰者是福子的母亲,全家人都用尊重的像扣子一样的口气习惯地喊她叫老太奶。老太奶近六十岁,二十岁就守寡。她乌黑的头发梳得平平整整,搽上一层发油,闪闪亮亮。她由血肉筋骨组合成的圆脸,企图抗拒岁月的侵蚀,天天搽抹好几毛钱一瓶的雪花膏,然而岁月的雕刻刀依然无情地使她皱纹纵横交错,如同渔网。她特干净,竟成了洁癖,头脚穿的戴的纹丝不乱,利利索索。

老太奶长相富态,像是有钱有势人家的人物。她大头大脸大耳朵大耳坠大眼睛,一口洁白紧实整齐闪亮的牙齿,说话铿锵有力,语调抑扬顿挫。不相称的是她有一双行走不便的三寸小脚。老太奶眉毛粗浓威严。这是一种很少见到的粗眉,只有福子的家有这祖传,进了福子家门成了福子家的人眉毛都粗粗浓浓。

老太奶有崇高的威信,福子绝对一切行动听她指挥。

我的街巷有"仙气",由于几乎从早到晚晒不到太阳的金色,几缕阴霾萦绕趴伏在山峦斜坡的茅屋上。太阳落山,茅屋、小巷默然地沉浸在魍魉的黑色里,无声无息,若稍有惊扰,会跃出一只怪异的妖邪。小巷里的行人脚步匆匆,黑天走路不回头,都知道两肩各有一盏灯，能避邪驱妖，若瞅一眼会熄一盏灯的。

常有人中邪。老太奶常给驱邪。她会消种种的灾：婴儿夜啼、天花麻疹、疟疾、蜘蛛疮等等。

老太奶说，福子的媳妇死得早是因为扣子常夜啼。扣子刚生下不久，妈妈就死了。

福子一直形影孤单地守着三间清清冷冷的屋。

庆子应该是幸福的，有一个长得俊心地好的媳妇春芳。可庆子常常殴打春芳，让她半夜三更伤心地哭。

扣子不喜欢父亲福子，不喜欢老太奶，不喜欢二叔庆子，只喜欢二婶春芳，他常常咧着唇子，露出泛黄的牙齿对着春芳笑。扣子伤心自己的妈妈早早地走了，使老太奶他们恨自己。扣子记得自己七岁时，因为夜啼被他们扔在了雪地里，那是老太奶使的坏，父亲将他扛到了黑暗的雪地里。

福子和扣子走进冰天雪地里。世界洁白洁白的，光亮而洁净，清新而舒适。福子在雪地里深一脚浅一脚跌跌撞撞受罪地走着。扣子睡在父亲肩膀上，一双热切的眼睛活跃好奇地打量景致。空气清冷。

扣子感觉脸皮被小刀划出一道渗出血珠的小口子，血珠溜溜地朝下滚，滚到那儿就扎心的痛。他哇哇地哭，哭声像刀子，亮闪闪，冷飕飕。

光秃秃的树瑟瑟抖动，哗哗脆响。

福子用哭一样低哀的声音说："乖乖，莫哭，爸爸给你买枣儿吃。"

扣子戛然收住了哭，脸上出现的欣慰像黑云里突然探出的太阳。福子流泪了，哭了。福子脚在雪地上一滑，身子打个趔趄，几乎失去平衡摔倒，屁股将要跌坐在像面粉一样白一样细的雪地上时，他没有忘记肩上的儿子，怕他跌落到雪地里，惊了什么，于是用一只手急忙撑住地，一只手举着太阳般牢牢地高举起扣子。扣子得意地呵呵乐。

地洼里风轻盈盈的。

福子在地洼里站住脚，放下扣子，给他勒紧缠在棉袄上的绳子，竖起衣领，遮住冻得红亮透明的耳朵，又抽下自己鞋上的带子，绑扎紧他的袄袖。福子粗糙的巴掌在儿子柔嫩冰凉的脸上摩挲摩挲。

扣子用让父亲异常惊诧非常懂事的神情突然兴奋地一笑。福子说："在这儿不动，等爸爸买枣来。"

扣子点点头，福子丢下一串弯弯曲曲的大脚印，踽踽地回到屋里。

扣子孑然一身站在雪地里，像一根没有思维、没有语言、没有神情的路标，任雪花铺在头上和棉袄上。雪花埋住他两脚，又埋住两膝。他星星一样亮的眼睛在飘飘扬扬弥漫了整个苍穹的雪花里寻找父亲。

风刮着雪，雪在地上打滚，苍苍茫茫，迷迷离离。

扣子成为雪人，成为雪雕。雪凝结在棉袄棉帽棉裤上，雪挂在眉毛鼻子脸面上。扣子站在光明的天地里，充满希冀的两眼在世界上散漫，喉咙迎着呛人的风叫唤，找爸爸。他想着令自己高兴又让自己胃口大开的枣儿。他最喜欢吃枣儿，口里一次能塞上三个枣儿，猫一样的舌头长满刀刺般，眨眼工夫干净利索地将枣核打扫得光滑透亮，口里剩下柔柔甜蜜的枣肉枣皮，和着等待不及的唾液一起匆匆咽下肚。父亲常给他枣儿吃，想着又大又红又甜的枣儿，他舌头上泛起一堆一堆激动人心的涎水。世界在他眼里脑里心里统统像枣儿红彤彤的。殷红的枣儿像通红温暖的炭火烤得他身子热乎乎的。他不像是站在白皑皑的冰天雪地里。

扣子仰起脸，看飘飘的如同蝴蝶如同纷纷扬扬秋叶如同碎棉絮如同银屑的雪花,让雪花轻轻款款地停在脸上,凝结在脸上。雪花哪来的,这么多这么密这么清这么亮。他记得春天里山花烂漫时,一只一只白蝴蝶在鲜艳的花朵上飞来荡去,一朵一朵白的雪花不就是一只一只银蝶吗!银蝶漂亮,两只翅膀徐徐地扑棱扑棱的。他捕到过银蝶,装在一只透明的玻璃瓶里。纷纷扬扬千千万万只银蝶耀花了他的双眼,扑在睫毛上,撞在眼窝上,沁凉得好舒服呀!他用眼睛戏弄银蝶,银蝶扑得他眼睛睁不开。他举起笨拙的两臂,在银灰色的天空里不停息地扑银蝶,扑得两只臂膀洁白一片。他满脸温暖地笑。

白茫茫的雪装饰得天地之间不分。

扣子没有吃到红枣儿,就想起了哭。父亲听见哭会拿着红枣儿跑来。哭声像雾气一样慢慢腾腾地从地洼升腾起来,穿过一朵一朵大大小小的雪花,在漫天的雪花里震荡。

福子没有来。扣子哭了一夜。

天亮时,春芳知道扣子被扔在地洼里,脑壳里地震一般嗡地眩一圈。她恍然明白过来,昨晚院里为什么那么安静,为什么没有听见扣子的啼哭。她头顶一块紫方巾,慌慌张张向地洼跑去。她几乎不相信洁白一身一动不动竖在地洼里的是扣子。她走近扣子,见他鼻孔里活动着气息,在低低地饮泣。春芳一把紧紧实实地抱着一根冰棒似的扣子,他双脚像树根凝固在雪地上一动不动。她悲恸地哭出声来。

春芳费了很大的力气,才将扣子从雪地上拔起来,抱着跑回家里。

老太奶以为扣子是被冻死了。当看到他还活着,她强壮的身体支撑不住了,一下病倒在床上。她相信扣子身上有什么邪,要不怎能在冰天雪地里站半宿!她头沉心痛,说大儿媳妇知道她害了她的扣子,在阴间折磨她。她哭了。

扣子常常想不通，二叔为什么不喜欢漂亮的二婶子，他怪异地想，父亲和二婶子要是住在一起，父亲是会喜欢二婶子的，不会狠心打她脸的。他歪着脖子想，要是自己有力气，一定狠狠打二叔一顿。

春芳常对她男人庆子开玩笑说："你这张脸皮呀，讨女人家欢喜……"

庆子挤眉弄眼说："你吃醋啦……"

春芳说："我不担这份闲心。有野女人勾你的心你也不敢，你妈饶不过你。"

庆子咧咧嘴，嘿嘿嘿笑。

春芳感觉自己男人身上有股其他女人的腥味，那味刺激得她浑身细胞发紧发麻。

庆子确实背着媳妇在码头上偷了一个女人，沾了腥味。那女人精瘦，个子显得很高，脸面不难看，逢人颜欢，尤其在男人面前，有一种娇态，头动屁股扭，嗲嗲地笑。人称她"大洋马"。她嘴里整天衔着几毛钱一包的纸烟，手指上还套有一枚金闪闪的金戒指，身上穿的戴的都是新料子，头发梳得纹丝不乱。她男人是管束不住她的，挣的钱一半让大洋马抽烟穿戴了。

外边人嘀咕："依靠男人的工资，大洋马是抽不起烟的，穿不起新衣服的，戴不上戒指的，这女人外边有男人……"

她男人戴了"绿帽子"，气女人，恨女人，于是盯梢她，却没有拿住什么把柄，一气之下，将她锁在家里。这一年三百六十五天，能天天锁吗？

大洋马常常逛码头，一双眼睛在码头上的人群里不停地扫来扫去，她注意上庆子的一张压抑的脸，那张脸压抑得阴晦，他像堆满乌云随时会下雨。那张脸似乎专门为大洋马长的。

庆子冲大洋马诡谲地眨眨眼，闪闪笑。

第一次，庆子下晚班没有回家，从食堂里挟上四个白面馒头和几片咸萝卜干，朝码头北侧的挡浪坝走去。

天蒙蒙黑，码头寂寥，几星灯火，倒映在涨潮的海面上，晃晃荡荡，使暮色添了一种神秘的色调。蒙眬中闪光的浪花，一涌一涌撞在挡浪坝上，发出哗哗的轻柔的水声。

大洋马早早地站在挡浪坝上。海风微微吹起她乌黑的头发，像瀑布卷住她的脸和脚，她不住地用手朝耳后掠起随风飘扬的头发。

庆子没有声响地走过来，大洋马的眼睛立即柔情地望庆子。他沉着脸，朝她点点头，朝坝远处走去。

挡浪坝在海浪里像一道光泽闪闪的拱墙。风平浪静，水花温柔地舔着坝基。坝上行人极少，晚间就更没有人来往了。庆子和大洋马一前一后走到坝中间。坝上有些疾风，浪花澎湃作响。

庆子沉重地望望天，又凝视泛泛的海。大洋马漠然地傍着庆子站着，突然刮来一阵强硬的海风，放肆地撩起她的衣襟。她心窝和两只大奶子冷得像放上一块冰。大洋马畏惧风大天冷，张开两臂紧紧地搂住庆子的脖子，胸脯贴着他心潮起伏热乎乎的胸膛。庆子一手托住她的背，一手托住她浑圆的屁股，将她平放在自己的怀里。他坐下身子，她马上将光泽的脸靠上他的脸，不住地来回摩挲。庆子的脸在风里很冷，她的脸在风里也像冰一样的冷。庆子心里热得喘不过气，急不可耐地将手伸进她的裙裳……

连续三天，庆子像着了魔似的怎么也离不开大洋马。天要亮时，庆子疲惫不堪地朝家里走。

春芳问："夜里咋不回来？"

他没好气地掷一句："问这干吗，我喜欢上哪就上哪。"

春芳气得两眼酸涩，簌簌淌泪，说："你不顾我了。我等你到天亮，怕你在码头上有个什么……"

庆子怕惊动老太奶，做作地搂着媳妇的腰，手拧拧她的屁股说:"几个人打扑克,一打就到天亮了。下次不了。"

又是连续四天,庆子天要亮时才回到家,春芳心里忐忑不安。过去他两天不和她干那种事会急得猴跳,现在半月不来一次……春芳以女人特有的敏感,心惶惶地预感庆子瞒着自己在外面有女人。

她告诉了老太奶。

老太奶堵住儿子,用凶凶的目光说:"你要干出败类事情就滚出家门……"

庆子歪着脖子,虎着脸,说:"你听她瞎说了什么?我劈了她!"

老太奶说:"多向你大哥学学,人品多好……"

晚上,庆子拴上门,剥掉媳妇身上一件一件衣服,让她身子一丝不挂,光光的,用钉了皮掌的鞋子狠劲打她身子。

她哭,她叫。老太奶和福子被堵在门外,用拳头豁劲地擂门,喊叫。庆子恼羞成怒,用脚踹她小腹和两腿间。春芳跌跌爬爬地拼命抢着要拉开门闩,让外面的老太奶和福子救她。

庆子不允许她用手接触门,拉过她,手钳她的奶头子,她惨痛得跪在地上,额头磕地,哭喊着求饶。庆子一手抹腰,一手押住她长发,大汗淋漓地喊:"老子跟了野女人你能怎样,老子什么时候来家还用告诉你!"

福子撞开了板门,看见了弟媳妇春芳闪光耀目的身子,忙转头逃回自己的屋里。

老太奶拽住了庆子。庆子鼓老高的眼睛直直地望着妈妈,暴跳如雷地吼:"这女人,小心眼,瞎说八道,不打行吗?"

老太奶喝道:"手松开她头发!"

庆子不情愿地松开了手,老太奶说:"家有家规,国有国法,你今后下班不要在外多闲逛,回家。你再不回家我找你去。"

庆子和福子一样无限忠于他们的母亲,他们欠母亲的太多。母亲是太可怜了,父亲早早地走了,是母亲将他们拉扯大,他们永远忘不了那些蹉跎艰辛的日子。他们只想让母亲在有生之年过上安顺日子，享受人生的快乐和幸福。

庆子嘘口粗气，应了一声，顺从了母亲，春芳伏在老太奶怀里，低低地悲咽。老太奶给儿媳妇披上褂裳，安抚说："他再也不敢欺负你。有我在一天，他不敢造大反。他要干出败类事情，你不说话，我也不容他。我们家祖宗八辈没做过伤风败俗事。"

上了码头，庆子将祖训遗忘得一干二净，心里的欲火愈燃愈旺。他厌腻媳妇，讨厌她脱光衣服身上释放出的气味，他一上床，就想起大洋马，回味着大洋马说的每一句话，每一个微小的动作。春芳怎能和大洋马相比……他不愿沾媳妇的身子。

暮色降临时，大洋马对庆子说："上我家吧。我家那口今晚不在。"庆子眉毛一扬，问："他哪去了？"大洋马说："不要问那么多，反正没事。"庆子脸上快乐起来，说："那好，早该有个窝舒服舒服。"

两间小茅屋，碎石头砌的院子，是大洋马的家。大洋马先行一步，推开院门，打开房门锁，点亮煤油灯。大洋马坐在幽静的黑色里，等着庆子来。她心里忽然莫名地掠过一阵惊悸，如果自己男人陡地来了怎么办？又一笑，怎么会呢？他亲口说的，出去了，明晚回来。

大洋马拉开屋门，免得庆子来了还要敲门，动静大，引得周围人知道。

院里，风儿不刮，叶儿不响。天上没有月亮，地上阴郁。

庆子像鬼一样机灵地闪进屋。大洋马知道庆子进门了，在黑色里嗔道："怎么现在才来，人等你到现在。"庆子粗粗地说："小心点没有错。"大洋马回敬一句："你也太小心了。"庆子说："我心里总是不安稳，好像今晚会有事要发生……"大洋马拉过庆子坐在怀里，说："不会有事的。亏你这个人五大三粗的。"

庆子的手隔着她褂裳抓住那圆圆的东西，狠狠一捏，她疼得一咧嘴，叫喊："哟，你要死啦，轻点。"

庆子眼睛在黑暗里看看屋子，仰面躺到床上，大洋马睡过去，熟练地摸索着为庆子解下衣服。接着，脱下自己衣服，钻进庆子被窝里，两腿膘着庆子热腾腾的屁股，问："明早回家行吗？"

庆子说："咋不行？"

大洋马说："你家……"

庆子不耐烦地打断她话，"我怕谁？"

大洋马的手在庆子大腿上一捏："你媳妇算什么，只怕你老妈子……"

庆子没有立刻说话，沉默了半晌后说："在家听她的，在外由我的……"

大洋马说："你家呀，反正都怕老太奶。"

庆子压到她身上，说："现在莫提闲话，败兴。"

大洋马说："我睡里面吧，你上外面不行。"

庆子固执地说："我在里面。"

大洋马问："你结婚这么多年不生小孩，是你不生，还是她不生？"

庆子坐在她身上有些不悦，冷冷地说："你呢？你不生为什么，是他不生还是你不生？"

大洋马眯上了眼睛，睡过去似的，眼皮合拢得紧紧实实。

屋里静寂得发冷。

大洋马身体下的木床在黑色里发出钝重的响声。

庆子听窗外有猫跳一样的回声，立刻静下身子，注意窗外的动静。

窗外阴霾渗进屋里。天地间一片神秘。

庆子感觉窗外有一双蓝晶晶的眼睛在默默地盯他。他怀疑大洋马的男人在窥视自己，就要闯进来，身体上隐隐地泛起一层寒气，眼睛下意识地朝四周望望，发现东墙上有一个窗，外面有一棵碗口粗的树。他想，万一有什么就跳窗，抓住树出去……

这时，大洋马见庆子身体呆住不动，问："你怎么了？"

庆子说："窗外好像有人似的。"

大洋马身子一激灵，要跳起来。庆子紧张地用手在床上摸裤衩，刚摸到裤子，朝身上套，那边窗户突然哗地一响，随着一个黑影子从那窗户跳进屋里。

大洋马紧张得立即用被子紧紧裹住赤裸的身子。庆子跳下床，扒住东墙上的窗，一纵，跳上去，手钩住外面的树，身子一闪就钻了出去。黑影子跟着庆子，追了过去，扑倒庆子，用手指抓庆子的脸和眼睛。庆子攥住黑影子的头发，一手捏成拳头，捣他的脸和眼睛，捣他的小腹和两肋。黑影子疼得哇哇叫，骂："狗男人，有本领白天偷我女人……"

庆子拳头对准黑影子的脸狠狠捣过去，随后，赤着脚，趁着蒙蒙夜色，跟跟跄跄朝家跑去。

挨近家门时，庆子感觉脸眼火辣辣的痛。春芳听见他熟悉的脚步声，披上衣服，拉开门闩。

庆子闪进门，重重地喘口气。

春芳点起灯，看男人几乎光着身子，身上只有一件小裤衩，惊叫起来："呀，你怎么啦？！"

他用手摸摸脸和眼睛，手上染一片红的血水。春芳心里边犯嘀咕，边要拿毛巾给他揩脸和眼睛上的血。庆子推开媳妇的手，不让拿毛巾，自己拿过毛巾，轻轻地擦了擦。春芳胆战心惊地问："被人打了？"

他火呛呛地说："不碍你事。"

春芳愈加害怕，说："你说给我听，我不告诉妈。"

他翻一下厚重的眼皮："我 × 野女人了，你告去……"

春芳愣愣地盯着他愠怒的脸。他恨恨地说:"明天后天我还不回来,还要睡野女人去。我,我烦你……"

春芳浅浅地哭了。他手一抡,将媳妇打倒床上,骂:"你哭,我抽烂你的嘴……"

春芳没有将男人挨打的事情告诉老太奶。

大洋马的男人挟着庆子的衣裤上门来了,找到老太奶,说了庆子的事。他在院子里蹦着咒道:"欺人,爬到头上屙屎!×你女人的,你×我女人,我×你女人!"

老太奶气得有些气喘,脸上一片灰褐色。他对大洋马的男人说:"有理说理,你撒什么野!你有本领找庆子女人?!"

大洋马的男人喊:"叫她出来,叫她出来!"

老太奶将庆子的媳妇喊了出来,春芳手捂脸,伤心地哭。

老太奶拉扯大洋马的男人,"你来呀!"

大洋马的男人面对着哀怜的春芳,蒙了。

老太奶喊:"有本领多管管自己的女人去。我对你说,我儿子没有那事就算了,有那事就是你的女人拉他下水的。你女人是什么东西谁不晓得……"

大洋马的男人气急败坏地走了。

福子在屋里没出门。

庆子却三天没有回家。

老太奶一气之下,睡下了。

福子找老太奶,劝道:"妈,不要生气,会气出病来的。"

老太奶瞪一眼福子:"我怎么生出这么个败类。你是老大,平时对老二也不关心,这下出事你脸上光彩啦。"

福子满脸愧色,说:"庆子是有家室的人,我有些话也不好说……"

老太奶气恨恨地说:"什么不好说,国有大臣,家有长子,他敢不听。"

福子说:"他回来我就管。"

老太奶喊来春芳,责怪说:"庆子的事你一点儿不知道吗,为什么瞒我,不早早告诉我,现在丢丑了光知道哭……"

春芳抹眼泪,"妈,我不敢告诉你,他知道会打死我的。"

"他敢!"老太奶眼里闪出一道恨恨的光,"我不信,这家让他败坏了!"

月明星稀的一个晚上,庆子偷偷回了家,他没有进媳妇的门,闪进了福子的房里。

福子问:"这些天你在哪儿的?"

庆子低低说:"码头上。"

福子说:"你气死妈了。你怎么闹出这样的事?也怪我,平日管教不多。"

庆子拧着脖子说:"我今后反正少回家行了。"

福子说:"你怎么还任性子,不来家,她呢……"

"随便。"庆子漫不经心地说了一句。

福子趁庆子不注意,闪出门,向老太奶报告庆子回来了。

老太奶气冲冲地来到福子的门上,猛地推开门。坐在床上的庆子迎着老太奶站起来,叫一声"妈"。

老太奶手指着庆子,身子激动得有些发抖,一时说不出话来。

庆子惶惶得不知所措,眼睛瞄一下福子,说:"我走了。"

老太奶气得身子哆嗦,说:"你走,你走……"

福子拉住庆子的膀子说:"你会气坏妈的,你不能好好解释清楚吗?"福子企图拉住庆子。庆子一用劲甩脱了福子的阻拦,大步走出门。老太奶几乎哭着喊:"回来,回来。"

庆子一去,两个月没踏入家门。

春芳脸上像冬日被阴云覆盖的冰雪一样冷冽,没有热情,没有希望。她极少出门。在院子里撞见老太奶，老太奶用既不热情又不冷淡的目光盯她，探究她，于是春芳在小虫子叮一样的目光里浑身难受，慌忙地走回屋。坐在屋里，她不想庆子，不想他什么时候回来。

庆子还在码头上，福子找见了庆子，拉住他，说："回家，妈和你媳妇让你回去。"

庆子说："大哥，你别难为我，我不回去。"

福子说："你想干什么？"

庆子说："不干什么，这样舒服。"

福子眼里笼罩一层困惑的云雾，"你说什么……"

庆子走了，将福子远远地丢在背后。

老太奶想庆子，常对福子念叨，说春芳不关心庆子，难怪庆子不喜欢她，不愿回家，她要对庆子好的话，庆子也不会在外边偷女人的。

偶尔，春芳也听见老太奶对她的埋怨，却耷拉着头没有话。福子持不平，对老太奶说，全怪庆子不体贴媳妇，是他冷了媳妇的心。他身在福中不知福，又不是不知自己身子有毛病，不生小孩，人家她没有一句怨言。庆子要离了他媳妇，再不会找到这样的……

春芳听了福子的话，激动得身子乱抖，头眩。她知道福子对她有好感。她说，福子人品正，心地善，和她男人庆子不一样，就像两个妈生的似的。她曾胡思乱想过：大哥一人带孩子怪可怜的，要是我能和他在一起过日子多好……

庆子还是回家了，老太奶没嗔他一句话。

庆子旧习不改，还是不把春芳放在眼里，依然常常不在家。春芳一声不吭，习惯独自睡在清冷的小屋里。

春芳将扣子带进她屋里照料。福子看看儿子面露窘色，扣子夜啼、夜尿，糟蹋人，行吗……

春芳说:"我一个人闲得慌,两个人做个伴。"

扣子在春芳屋里唱起嘹亮的歌,旋律漂漂亮亮。福子知道儿子快乐,于是浑身的每一个细胞也都快乐。春芳常给扣子晒被子,福子看了,眼里热乎乎的。这时,春芳会用笑眼回敬福子的笑眼,福子常常敌不住弟媳妇灼热的目光,扭过身去。

福子睡在床上想念过春芳,想得正耳热心跳时,又禁不住想起庆子,顿觉自己这个做哥哥的太无聊太下流了,怎么能这样想到弟媳妇身上呢!他眯上眼睛,企图赶走这个念头,却赶不走,糟糕的是梦里也在想她。

福子怕见春芳了。春芳走进福子的屋里,说:"大哥,身上的身衣脏了,换下来洗吧。"

福子面红耳赤,语无伦次,"不脏,能穿。"

春芳坚持不让,说:"换下来吧。"

福子推辞不过,耷着沉重的脑袋,换下衣服,让春芳如愿地抱走。

一连三天,福子没见到春芳,扣子告诉父亲,春芳病了。福子想,她是被扣子累倒的。

福子把扣子带回自己的屋里。

夜深人静。福子合不拢眼睛,惦念着春芳的病身子,他想看看她去,又怕老太奶撞见疑神疑鬼的。他唉声叹气。

窗外的夜空,清碧如海,月亮皎洁如银。月色洒到福子的脸上,渗进肚皮里,荡涤了心肺肝肠的污秽。福子的心被春芳抓在手里一样,不去她那儿魂不守舍。他终于小偷一样心虚地躲避着老太奶,鬼鬼祟祟地挤进春芳的门里。

屋里被月色映得亮晶晶的。春芳躺在床上,脸色如月,嘴唇在嘘嘘作响。福子愣愣地不知怎么是好地踟蹰在床前,焦急地看着春芳。她身子发出一阵微响,睁开眼皮,望望福子,脸上挤出一丝笑,要撑着虚弱的身体坐起来。福子慌慌地俯身摁住她身上的被子,说:"你躺着,我就走……"

春芳眼里渗出泪水,伏在枕头上不出声地饮泣。福子慌张地说:"你别哭,我是背着妈来的,别惊动了她……"

春芳抹抹眼泪,咬了咬唇子,抬起头,说:"我点灯。"

福子结结巴巴说:"不,不,就这样。"

春芳硬撑着身体坐起来,"大哥,坐下吧。"

福子坐下,说:"我就走,就走。"

春芳说:"二更头了,他不会来家的。"

福子脸上痉挛地微颤。春芳叹口气说:"兄弟俩一点儿不一样,你呢,大嫂走得偏偏这么早,苦了你……"

福子苦笑笑,说:"扣子也大了,我放心了。唉,是扣子折腾你才生病的。"

春芳出神地盯着福子。福子心慌意乱的,身子古怪地燥热起来,一种灵性频频闪现,他克制着自己,说:"我走了……"

春芳想说什么却始终没有说出来,看着福子沉沉地走出屋。

天亮了,春芳依然没有出门。这一天,福子觉得过得很慢,太阳姗姗地不肯走,不肯滑下山去。他焦急地不知春芳在屋里怎么样……

黑夜终于来了。夜深人静,福子更痛苦地惦念着春芳,长时间地失去女人身体的温存,使他每一根神经微微颤抖。

那边灯熄掉了,老太奶房里的灯火也灭去了,院子里一片安静,笼罩着一种神秘。在这种安静里,福子的心紧张得怦怦跳,蹑手蹑脚地向弟媳妇的屋摸过去。

春芳一直心神不安,直感到福子要来这里。她的门没有上闩子,给他留着。福子来了,轻轻一推门,就闪开了。始料不到,他刚进屋,立足未稳,春芳一头扎进了他的怀里。福子先是惊骇,随后浑身微动，倾下身子，两手不由得紧紧地搂抱着春芳，脸贴着她温柔的脸。春芳两颊挂着泪水，抖动着肩头，低低地哭着。福子马上用手给她抹去泪水，急促说："莫哭，莫哭。"

他俩搂抱着坐在床上一动不动。

福子先抬起了头，瞅了瞅门，担心对面房里的老太奶在暗暗地窥视着自己，从春芳怀里站起来，说："我走了。"

春芳紧紧地抱住他，福子说："明晚我还来。"

第二晚，福子违约了，他胆怯畏惧了。白天，老太奶用怀疑一切的冷漠眼睛打量了福子好一会儿。他担心昨晚的事被她知道了。福子有点想哭的样子，他再没有找春芳去。

春芳把头发梳理得光光滑滑，一直等待福子来。

天露亮色时，春芳睡倒在床边，眼角吊着几颗清澈的泪珠。春芳做梦了，在梦中和福子睡在暖烘烘的被窝里，他用散发着男子汉特有的汗腥味的膀子搂住她的腰，用大手轻轻地抚摸她的胸脯和小腹。她幸福地叫起来。福子说，我今后常来，我不怕谁看见我，我喜欢和你在一起。

春芳感觉胸脯发痒，身子随着热情在发热膨胀。她舒服地想，是福子在抚摸自己。她在潜意识中抬起两手，企图紧紧抱住睡在她两只奶子之间的福子。她手摸到了毛茸茸的头发一样的东西。眼睛从亢奋的陶醉中慢慢睁开，看见一只黄色的狐仙伏在自己的奶子之间睡觉，两只前爪摁在奶子上。春芳惊骇得睡意顿消，脸变了色，跳起身来。

狐仙懒洋洋地舒了舒身子，抬起头，亮晶晶的眼睛望了望春芳，又低下头想继续睡觉。春芳大着胆子用脚踢了踢它的身子，撵它走。狐仙动了动身子，依然没有离开的意思。春芳拾起鞋子一阵子打它。狐仙闪闪身子，故意气气春芳似的，抬起一只小爪子洗脸。春芳将一只鞋子掷向它，狐仙晃晃头，不情愿地跳下床，机灵地闪出门。

哪来的狐仙，怎么和我睡在一起？春芳披头散发惊惶地坐在床上。

突如其来的狐仙使春芳心神不安，迫切地想见到人，想见到福子，让他为她壮胆。一整个白天，她几乎在门外做事，等待福子来了看见自己，她要有事告诉他。老太奶瞧着春芳神色惶惶，问："春芳，你怎么了？"

她撒谎说，心里慌慌张张地难受。春芳怕老太奶知道这事，老太奶口里不会说出好话来的。

春芳一个白天没有看见福子。

天黑下来了，春芳走进屋里，害怕起来，狐仙还会来吗？她点亮了煤油灯，把灯芯挑得高高的，让火苗蹿起来，燃得呼呼啦啦的亮堂，照亮了房间里每一个角落。她想，狐仙是怕光亮的，她屏息敛气听着院子里的动静，等待福子回来的熟悉脚步声。她已整整一个白天没有见到他，他也没有看到她，她想他会来这里的。

院子里响起福子的脚步声，春芳的心立刻春潮荡漾起来，等待福子的脚步走近。

福子的脚步声没有走过来，回自己屋里去了。春芳老是想着狐仙隐藏在哪个黑暗角落里，恐惧得不敢在屋里待下去。她将门拉开一条缝，看了看福子的屋，见亮着灯，就悄悄走了过去，轻轻叩门。福子开了门，低头不语。春芳说了狐仙的事，说怕进那屋。福子想，这是春芳的借口，想让他去她那里，就说，我去看看。

福子进了春芳屋里，举着煤油灯，查遍了每一个黑乎乎的角落，没有看见狐仙。福子问："真是狐仙？"

她点点头说："一点儿都没看错。"

福子说："狐仙真能做出那事？"

她说："我怕在这里。"

福子说:"狐仙怕人的。"

她说:"狐仙精灵,作践人的。"

福子相信春芳说的是真话,春芳是不说假话的。这一夜,福子没有合眼,在屋里寻找狐仙,天要亮时,他才离开春芳。

狐仙再没来春芳屋里。

老太奶的屋里又闹起了稀奇事。馒头放在篮子里,挂在屋里高高的二梁桁条上,隔一天竟不翼而飞;雪花膏藏在箱子里,第二早找时却无影无踪;上午两块钱掖在枕头下,下午用时又销声匿迹。怎么了?家院子里顿时人心惶惶,相互猜测,谁干的?

福子和庆子手握菜刀和棍棒,夜夜准备捉拿扒手。老太奶说:"不是外贼,是家贼,家贼难防。"

福子和庆子,扣子和春芳,他们面面相觑,谁是家贼?他们一起看老太奶脸上的表情,揣摩意图。春芳看着看着,不由得怦怦心跳起来,老太奶的眼神流露出来了——她这个外姓人疑点最大……春芳说:"我不会的。"

福子说:"春芳不是这样的人。"

老太奶说:"春芳心里有数。"老太奶眼睛盯着庆子,问:"你是怎么看着家里的?"

浑身的血涌上了庆子的脑袋,他把春芳拉进屋里,猛地合上门,大声责问:"你偷没偷?"

春芳说:"我没干。"

庆子牙齿咬得嘎嘣嘣地响,说:"你恨我,也恨我妈,恨我们全家!"

春芳也喊起来:"你要怎么想就怎么想!"

庆子手指媳妇:"你犟嘴!"

春芳气恨得身子一阵一阵地乱抖,两眼里汪满了泪水,她忘记了自己是一个虚弱的女人,忘记了丈夫的粗暴脾气,对着他大声地喊起来:"你不是男人,和你妈合穿一条裤子欺负媳妇……"

庆子"啪"地给了春芳一个响亮的巴掌,一脚将她踹倒在地,无情地剥掉媳妇身上的每一寸布丝,用拳头和脚对着她白嫩的身子乱踹乱踢。春芳号啕起来:"你打死我吧——"

她向门边爬去。庆子抓住她的头发,举起手对准她脸上又是狠狠两下子。他刚丢下她,春芳猛地拨开门闩,拉开门,赤着身子朝院子里跑。

福子看见了,惊得立刻闭上眼睛。老太奶咆哮地喊:"太不要脸了,打死这不要脸的东西!"

庆子凶凶地追上来,抓住春芳的头发,拖小猪似的拽回屋里。

福子眯着眼睛走回自己屋里,合上门,再没有用眼睛看外面发生的一切,隔着紧闭的门,用耳朵听着外面吵嚷刺心的声音。他心里毛毛乱乱,不知如何是好,十分烦躁。他心里有数,春芳豁命的哭喊是给他听的,赤身裸体冲到院里是投奔他的,希望他能为她讲话,伸出手拯救她。他无奈地叹口长气,自始至终足未出户。他怕言行稍有不慎会让老太奶和庆子看出什么来。他很伤心,心想,春芳是被冤枉的。在庆子拳头下疼得哇哇叫的春芳,心里不会咽下冤枉气的……

春芳哭哑了嗓子。她相信老太奶在陷害自己。

狐仙经常出现在春芳的梦里。

这天,春芳在院子里意外地发现了那只跟她睡觉的狐仙,它在一个角落里闲闲地溜达。一种报复心理占据了春芳的全身,眼里也全然没有狐仙的"仙气",把它看作一只普通的狐狸,攥着一根木棒,悄悄地盯梢着逼过去,准备冷不丁抡上一棒打死它。

狐仙拖着尾巴,两只红灯笼一样的眼睛闪耀着迷蒙的神秘,张张望望,鬼鬼祟祟地闪进老太奶屋里。它钻进床下,衔着老太奶的一只新布鞋颠颠地跑出来。春芳满脸愕然,怎么也想不到,狐仙会衔鞋子。

她惴惴不安、神魂颠倒地跑到福子屋里,把刚刚发生的事告诉了他。福子睁大眼睛不相信,"不会的,不会的。"

春芳一口咬定说:"它想报复我,想害我。"

福子问:"为什么?"

春芳说:"上次它和我睡在一起,我赶它下床的,打了它。"

福子不信。

春芳愈想愈多,愈加相信自己的推测,狐仙是有灵性的,什么事都能做出来。她又把狐仙的事告诉了老太奶。

老太奶说:"瞎编!"

老太奶又将信将疑,在床下找那布鞋,真的,不见踪影了。她自言自语说:"狐仙怎么会拿鞋子、偷钱呢?"

春芳说:"你会看见狐仙偷东西的。"

春芳只要坐在院子里,手里一边做事,眼睛一边注意狐仙的出现。这天,狐仙又进屋了,春芳马上告诉了老太奶,她们悄悄地逼过去看。

狐仙在屋里,想着什么似的,迟疑一会儿,跳上柜子,嘴里衔着一只香水瓶跑出屋来。

霎时间,老太奶惊得浑身发冷发抖,面色苍白,腮帮子一阵紧似一阵地抽搐。她几乎喘不过气来,对春芳说:"不要动它一下,它是看得上我家才来的。它从来不进穷人家。"

春芳攥着木棒的手也抖了。

狐仙昂起高傲的圆脑袋,用星星一样晶亮的眼睛闲闲地看看老太奶和春芳,不慌不忙,大摇大摆地从她俩眼前走过去。

哇——春芳激动得猛地失声大哭起来,心里涌起一股仇恨的怒火,将手里的木棒狠狠地抡向恣意横行的狐仙。当即,它一声未吭横躺在木棒下,血水通红得像颜料一样按指定的路线流淌着,涂满它的眼睛、鼻子、嘴巴和耳朵，它眼皮松软地耷拉起来，两只松软柔顺的小爪子还一抓一抓的。

老太奶"啊"地惊呼一声，几乎惊厥过去。她看见闭着眼睛的狐仙是哀怜的，眼角缀着一串泪珠。老太奶一脸恐怖地双膝着地，连哭带叫地向狐仙磕头，"天哪——"

掌灯时分，老太奶头上蒙着一块黑头巾，站在三岔路口，鬼声鬼气地叫起来，"大仙回来呀——"

空气幽暗静滞。夜色这个巨大的睡魔笼罩下的万物一片死寂，像没有生命。老太奶的惨叫声在夜里簌簌抖动，给夜色中添了些许死亡的阴森气息，小镇鸦雀无声。孩子的夜啼声被老太奶的惨叫声惊愣了，行人被老太奶的惨叫声寒得浑身汗毛一根根张竖起来了。

老太奶要消灾，要让春芳为狐仙披麻戴孝。春芳披头散发耷着头，对老太奶的话不说行也不说不行，像哑巴一样默默无语。

福子对老太奶说："你也太过分了，死了一只狐仙怎能让人披麻戴孝。"

老太奶噎口气，涕泪俱流，坐到地上，又哭又叫。福子立刻慌了神，不知如何是好。

庆子冲到福子跟前，敞开嗓门，恼火地喊："你想干什么，是要妈的命呀！"

福子气得脸上变了颜色，气得变了形的眸子狠狠瞪了一下庆子，攥着的拳头很想给庆子一下，但他没有这样做，松开了拳头。福子哭了，哭声很响亮，像一头被宰杀的公牛，伤心透了。

无论如何，庆子不理解福子为什么伤心地哭，你哭什么，也没有让你披麻戴孝。

死了的狐仙是雌的，老太奶给它置了一口阴材。老太奶给狐仙洗了身子，穿上红色新衣服，套上两只鞋子，花鞋帮上绣了小狗和小鹅，鞋底绣了荷花。福子跑到十里路外，请来一帮吹鼓手，六个人，男女老少组合起来，唢呐、小锣、二胡齐全，叽叽哇哇的，从早上吹唱到晚上，又从晚上吹唱到夜半，热热闹闹的。

春芳坐在屋里。

老太奶说："你披麻戴孝。"

春芳一动不动。

老太奶说："你快做。"

春芳像泥塑的人一样没有表情。

老太奶说："你想害死庆子呀。"说完，她低低哭起来。

庆子冲过来，一句话没有，用手一把抓起春芳的头发，朝后一拉，让她的脸对着他的嘴巴仰起来，说："你做不做？！"

春芳脸上是死亡的气息和神情。她用死亡的眼睛望着福子，用一脸怜悯等待着福子，只有他能为她说话。她看到福子眼里浮着一层惨淡的水雾，脸上是黯然得如同铁一样冷漠的气息。他是可怜她的，想为她说话的，他是一家之主，他要铮铮地说话，老太奶是要让他三分的。想到福子，春芳挺了挺丰满的胸脯，眼里似乎不再有老太奶。

这时，庆子给了春芳脸上一巴掌，震荡得她脑子里像打秋千一样晕晕乎乎。她瞪了庆子一眼。

老太奶愤怒得激动起来，在屋里来回走动。突然，她一把拉住福子，让他说说春芳。福子身子瑟瑟地抖动，说："这，好看吗？"

老太奶说："一家之长，你该管事。"

福子紧张恐慌得不停用手在脸上上下搓动。

春芳望着福子。福子眼里淌出很稀很浊的泪水，说："春芳，你听妈的吧……"

春芳怔怔地盯着福子，终于像一棵小树断了根倒在地上。

福子望望老太奶，又瞅瞅庆子，低着头，满脸灰灰地跑出屋。

东方未晓，黑云堆成一片，有的地方云薄，露出一星点儿白色,蕴藏着无限的哀怨……

春芳头上顶一块长孝布,腰间勒一束麻,脚上穿草鞋,送葬。

送丧的队伍颇壮观,激动人心,队伍前头两个高粱秆夹麦穰扎成的火把,熊熊燃烧,鲜鲜红红,烘得人心异常激动紧张。一盏闪闪忽忽的马灯引路,远看像鬼火。火把后面竖起一根根竹竿,高挑着彩纸糊成鹤一般的引魂。用红绸做的铭中,上面用金粉写着"大仙之枢"。吹鼓手们紧紧跟随着引魂幡。吹拉的调子凄凄惨惨,如秋风瑟瑟,欲哭无泪。

春芳手捧丧棒,走在灵枢前,感觉灵魂已出窍,眼前一片苍茫的灰色。福子主宰不了她的命运,也主宰不了他自己的命运……她绝望了,想死,想远远地离开纷纷纭纭的世界,什么也不知道,什么也看不见,什么也不去想,安安乐乐……

福子眼睛一直盯着春芳。

春芳见了福子一双眼睛深藏一种压抑和孤独,这双眼睛里仿佛从来不曾有过欢乐,将来也不会得到幸福,永远是悲郁的。

在冰凉的石板桥上,春芳喉咙窒息,明亮的额头深深皱折起来,闪耀着死亡的光。她瘫倒了,陷在阴森森的死亡泥沼里。

五天后,春芳才从沉睡中苏醒过来,白皙瘦削的脸上微微地抽搐几下。

春芳能下床站起身走路时,她的丈夫庆子在码头上掉进海里淹死了。起初,春芳脸上没有一丝感情微澜,倏地,惊涛骇浪,悲恸大哭。

庆子是在码头上玩女人无精打采以后,不知怎么掉下海的。有人说,他玩了一个姑娘,事前答应了姑娘什么,事后支支吾吾不愿承担,被姑娘推下海的。

春芳用手揪住自己的心脏,试图揪出激荡的心。她觉着透不过气来,眼睛里闪烁着疯狂的光。

福子对老太奶说:"庆子的媳妇惊疯了。"

春芳惊惊厥厥的,一会儿笑一会儿哭,一会儿揩净泪水,一会儿泪水滂沱。她有一种报复后的快乐,哭就是笑。心中一股热乎乎幸福的湍流无法阻挡地冲击着她,昏头昏脑,她感觉到生命模模糊糊。她知道,福子属于她的了!春芳脑壳里装满了福子,已不再有死去的丈夫。

老太奶在屋里咒春芳是灾星,说庆子掉下海淹死,是她打死狐仙的报应。

春芳不理睬老太奶,一脸轻蔑。老太奶跺着脚对福子说:"她是灾星,还要害我……"

福子说:"怎能怪她呢,你还不知道庆子的事?"

老太奶瘫坐在地上哭,说:"你也不听我的了……"

福子有些怕,身上发冷。

庆子刚死的几天里,福子想过和春芳的事。

院子里月色静得凄凉。

春芳等待福子。

福子在自己的屋里拿不定主张地转圈子,扣子用大惑不解的目光盯他,猜测他可能生了什么毛病。

福子没有跨出屋门。庆子不在了,老太奶睡觉不踏实,时时刻刻注意着春芳。福子感觉到,院子里稍有动静,老太奶会立即神经绷紧,在意识深处防着春芳勾引他。老太奶对他不明不暗含沙射影地敲道:"福子,没事少在院子里转,晚上多看看扣子。"

福子仿佛只会笑,嘿嘿的。老太奶说:"我家不能留下她。福子,你想想办法。"

福子脸上依然堆着诚实的笑。

福子和扣子一块睡觉了,但门上的木栓没有闩起来。他想和春芳在一起。凭感觉,他知道春芳会不顾老太奶的阻挡,冲到他门上的。他真希望她来,却又暗暗怕她来……

朦蒙眬眬中,福子感觉木板门微微一响,随即惊醒过来。

春芳像一条美人鱼挤进门来,她衣服很薄,只有一件内衣和裤衩。穿着裤衩的福子抱着春芳进了自己的被窝。在他油腻腻和散漫着汗腥味的暖和的怀里,春芳低低地笑了,低低地说起老太奶白费的心机。福子没有说话,长吁短叹。

她说:"我不走,跟你,照管好扣子。"

他搂住她温热的身子,唇子在她脸上粗粗地摩挲。

她说:"再过几年我们成家……"

他说:"我妈妈不会答应的。"

她说:"过几年的,你同意,我同意,一块带着扣子过。"

他说:"我是长兄,你是我弟媳妇,妈妈不说一句话,外边人会怎么说……"

她说:"你不喜欢我?"

他说:"怎不喜欢?但我这个家……"

她说:"你是长子,在家里说话是算数的。你弟虽走了,可我还是你家门上的寡妇,你说不让我走,她也没办法。"

他说:"一个院子,我一个男子汉,又是你长兄,和弟媳妇住在一起,在外边难看。"

她说:"你怕你妈,是吧?你又想让我跟你,又想面上装人,我不是猪狗任谁摆布的。"

春芳扯开福子的手,跳出被窝,走了。

她再未进福子的门。

一个夜色深重的晚上,福子轻轻地叩响了春芳的门,春芳寂然无声。

福子急促叩门,急促地轻唤:"开门,开门,冻死我哪!"

春芳恨透了福子,心扉对他关得严严实实。她在屋里,突然出乎意料地放开喉咙大叫起来:"谁?!半夜打什么门!"

老太奶在屋里反应极快,立刻亮起灯,连连问:"什么事呀,什么事呀!"

福子惶惶地逃回屋。他狼狈不堪,垂头丧气地合上门。

老太奶披着一件衣服,走出门,望望春芳的门,没有一点儿声息,又看了看福子的门,也没有动静。她心里不踏实,敲山震虎地喃喃说:"怎么回事,大喊大叫的,半夜三更出鬼哪!"

月光将她的身影拽得长长的。她蹑手蹑脚地走到春芳门前,耳朵贴在门上朝里听听,没有动静。她在院子里响亮地跺跺脚,失望地走回屋里。

一个晓雾缭绕的早晨,福子和扣子看着春芳挟着一床棉被愤然地走出院门。福子想上前阻止她时,看见老太奶走出门正看着他。扣子不清楚地喊了一声,"二娘——"

春芳只身栖息在山脚下的两间茅屋里。那茅屋过去曾住一个老头子,九十二岁才死去。这里环境清雅安宁,有流水有雀唱,却很少来人。

夜来了,远山、近树、丛林、山峦,泛着不同的黑色,有浓黑,有墨黑,有浅黑,有淡黑。

福子家灯火灿烂,光明如昼。院子里三盏玻璃罩灯纸捻子挑得高高的,火苗一蹿一蹿的,柔和明亮的辉光照着来往奔忙,端碟拿碗的人,屋里两盏罩灯吊在中梁上,光亮映照着墙上的红纸"寿"字。老太奶七十岁了!

老太奶做寿,热烈,隆重,庄严。

镇上人自六十岁生日始,每过十岁生日,都奉行一次庆贺。老太奶今年实际上是六十九岁,按镇上人规矩,十是满数,寿满了不吉利,都过九不过十,六十九岁生日就庆贺七十大寿。

老太奶端坐在堂屋冲门的一张八仙桌旁,一动不动,炯炯有神的两眼望着院子，像莲花宝座上的观音。她从鞋子到帽子都是新的。帽子是黑绒的，灯下流着白光。帽子只遮住前额，后脑勺一点儿不遮，露出一个漂亮洁净的髻子，像喜鹊尾巴硬撅撅支起来。

祝寿了。福子是长子，第一个捧着盘子恭敬地走上来，献了面粉蒸的麻姑。他把东西放在桌子中间，双膝跪地向老太奶磕头。

扣子是第二个上来的。两只手里捧着面做的"寿桃"。扣子在老太奶膝下磕了一个头。

亲友邻里喜笑颜开，说："扣子大了，懂事了。"

蓦地，福子看见墙角有一个熟悉的身影，心里惊愣得呼噔一下，脸变成了蜡色。

来人是春芳。她送贺礼来的，篮子里是满满的面粉蒸的麻姑。福子面色紧张地迎上去，声音有点发颤地问："你，你怎么来了？"

春芳冷冷顶一句："我怎么了？"

福子忧郁地叹口气："能行吗？"

春芳说："为她过寿还能撵我出门？亲戚邻里都收了礼，何况我还是你们家的……"

福子说："我去告诉一声……"

福子匆匆走进屋，对老太奶讷讷地说了。她脸上立马变了色，说："她来干什么？今天是我的喜日子……"

福子眼里挤着一缕哀怜，怏怏地寻找春芳。她却无影无踪。福子在春芳刚刚站的地方捡到了她丢在地上的篮子，拎上篮子里的麻姑，在黑暗里木木地立上一刻，闷闷去了自己屋里。

送寿贺礼人走了，热气腾腾甜香扑面的寿酒寿面端上了桌子。

福子盯着老太奶，等待她吃第一碗面条，老太奶面前的大海碗里，面条堆成尖，她拿起筷子，夹起一长串清香的面条，送进嘴里，舌头吸着面条发出嘘嘘好听的声音。

福子出神地像听音乐。

一只狐仙从哪里窜来，像检阅以老太奶为首的队伍，不紧不慢悠悠闲闲地迈着四方步子，长长的尾巴高傲凛然地拖在地上，用蒙着一层水汽十分神秘的葡萄一样晶莹的小眼睛瞧了瞧兴高采烈的人群，自如潇洒地跳上桌子。

老太奶看见狐仙用正色的目光看她，浑身骨头一酥。

狐仙闲闲地蹲坐在桌子上，安详地盯着老太奶，她平生第一次遇到狐仙这么大胆地坐在自己面前，不知它要干什么，为什么这时来，心惶惶的。她跪倒在地，念念有词地磕头祷告。

从胳膊弯下，老太奶看见福子泥塑一般地站在一边看狐仙，连忙抬脚踹他的腿，说："火，香火呢？"

福子恍悟，点燃了香火。

狐仙鼻子挨个嗅了嗅寿桃和寿面，小牙齿像小钢刀，在一个一个寿桃弯弯的尖上咬了一口，小爪子一扒，寿桃一个连一个滚落到地上。它望望寿面，头一摆，爪子一甩，一个一个碗滚扣在地上，桌上鲜汤滴滴答答像水帘一样朝下挂淌。

屋里人都跪下，叩头作揖。

没有人注意到扣子。他站在隐蔽的门后。十六岁的扣子，敦敦实实的身体黑不溜秋，一头硬硬的黑发根根直竖，像钢针。他脸上绷得紧紧的，嘴唇紧紧咬住，眼里透出冷然的寒光，盯着桌上姿态潇洒的狐仙。

这是黄鼠狼嘛！扣子常见这东西，哂笑这东西，追打这东西，有时这东西被他关在屋里追打得团团转圈子。扣子笑老太奶笑父亲，怎么给黄鼠狼磕头作揖呢！他不可抑制地要做出一副英雄样子给老太奶和父亲瞧瞧，让他们困惑，让他们刮目相看，让他们羞赧！

扣子攥起一根碗口粗的闩门杠，冷不丁地扑过去，猛喝一声："黄鼠狼！"他手里的杠子重重地砸在狐仙脑壳上，屋里屋外响起一片惊骇的"啊"声。

狐仙脑壳迸裂，洁白的脑浆迸溅出来，红的血水从鼻孔耳朵嘴巴里汩汩流出来，淌满桌子，眼里流出来的血很稠，把眸子也流了出来……

老太奶大惊失色，趴在地上，号啕大哭。

院子里的人骇得说不出话，半晌才嘘口长气，从害怕中醒过来，他们怕沾着晦气，都匆匆回家了。

福子惊悸了。他虽不完全相信死了狐仙有灾，但又不得不相信世间确实有点仙气，打死过狐仙的人或多或少都有点灾难……福子忘不了庆子的死。

福子铁青着脸向扣子走过去。

一股凉气从扣子脚板朝心里脑上蠕蠕爬动，扣子感觉到父亲向他走来的凶险，于是一摇头一甩臂，麻利地跑出院门。

夜色浓稠。山路高高低低、曲曲弯弯。

扣子两臂平平地展开，像一双翅膀，跑得飞快，沟和墙一跃而过。福子追赶扣子的速度自愧不如，他气咻咻地骂："小崽子，我看你钻哪儿去！"

黑暗里，忽然伸出一双手，紧紧抓住扣子。扣子惊惶地喊："谁？让我走！"

一张暖暖的脸贴住扣子的肩膀，一颗一颗热涟涟的泪珠滚落到扣子身上。扣子终于认出是二婶子，抱住了她，失声哭起来。

春芳手柔柔地摩挲扣子的脸，她看见了扣子打死的狐仙，看见了老太奶涕泪横流，看见了福子惶惶的神色，快乐地畅笑，快乐地流泪。

福子气喘吁吁地赶上来。

扣子身子瑟瑟抖抖地缩在春芳胳肢下，福子和春芳面对面地站住，福子说："我带扣子走。"

春芳说："扣子不愿回去，我带着。"

福子说："不行！"

春芳说："你走吧，你要带走扣子的话，除非把我也带上。"

福子身体激灵一下，牙齿打个战。

春芳说："我来送礼是送灾的，我到哪里哪里就有灾。"

福子毅然地掉过身，不吭声地走去。他再这么待上一刻，会失去理智地哭起来。

春芳对扣子说："我们回家吧。"

福子常常想起春芳，便烦躁。他面黄肌瘦，两眼恍惚，站在夜空下，清清朗朗的月色以粗线条勾勒出他空空虚虚、缥缥缈缈的身影。

老太奶窗上闪出弱弱的灯光，福子随意踱到窗前，看看她怎么还没有睡觉。七十岁的老太奶和一个光头的人盖在被子里，他们低低地说笑着。怎么回事，这是谁？福子紧张地悄悄看去，惊讶不已，他怀疑这不是真实的，是幻觉。他再看去，确认老太奶和一个老头子睡在一起，心目中严肃的圣洁无比的老太奶轰然坍下……

福子不敢再看，不敢再想，满脸愧色地逃离窗下。

福子在屋里烦躁地走来走去，一只火鸟在心里燃烧着飞来飞去，他一刻也不愿再待在这死气沉沉的屋里，眼前不断闪现山脚下的茅屋。突然间，冥冥之中，那茅屋释放出一股强大的磁力，吸住了他的魂魄，鬼魂领着走路一样，直直地大步向山脚下的茅屋走去。

黑暗的山上有狐狸发情的惨叫声。

森林的涛声与山溪的流水声，衬托得大山愈发清冷幽深莫测；月亮的皎洁与天空的空旷，衬映得黑夜愈加平静，让人心里空空荡荡。

风搅乱了福子一头乌发，在低低的茅屋门前他气喘吁吁地抬起手，急促叩响板门，门上的铁钉锦哗哗啦啦地响。

扣子听着门响，对春芳说："是风吹的。"

春芳在风中判断着,说:"狐仙捣的鬼。"

扣子恶狠狠地说:"打死它!"

于是,扣子攥着一根碗口粗的木棒,从一侧的小洞里爬出去,他看见了门前的黑影子,猛地冲上去,劈头一棒,击中了黑影子后背。黑影子疼得"哇"的一声大叫,一跳脚,夺路仓皇逃走。

镇上人看山脚下的茅屋是邪窟,路过那地方都绕道走,生怕中了邪气。

因山脚下的两间茅屋,老太奶在小镇上臊得脸皮发红抬不起头来。她找福子说话,商量对付山脚下茅屋的办法,福子竟大胆地不理睬她。

福子躺倒在床上什么话也不说。老太奶问:"怎么了?"

福子紧紧闭上眼睛,不愿看她。老太奶见他满脸胡楂,短短几天里瘦了许多,老了许多。老太奶眼里悲悯地滴出泪水,说:"你也反了,这家该散了。"

老太奶向山后一座庙走去。

在菩萨塑像的底座下,老太奶小心地挖了一点儿泥土,装在衣袋里,慌慌地回家。她将门合紧,从土缸里挖出一点儿白面,掺和在挖来的泥土里,倒上一点儿水拌一拌,捏成一个女人的模样,一个像她儿媳妇春芳一样的女人。她烧了一锅开水,水沸腾时,把捏成的泥人丢了进去,她要用沸水烫死这个女人。

泥人在沸水里急速地转圈子,冒着缕缕白烟。

福子重重地病倒了,高烧不退,呓语不绝,周身生满雪亮透明的水泡。水泡皮很薄,破了,渗出浑浊腥臭的黄水。

老太奶惊惧地发现,她施出的魔法没有使灾星春芳病倒,反而阴差阳错地让福子病倒了。她捶胸顿足,痛心疾首。

福子死了。

吃　水

鸡又啼，二遍。

月亮是圆的，水洗过般清亮。山和山下高高矮矮的房屋，像在白昼里一样看得清朗。

踩着月光，月光将身影扯拽得长溜溜的，像蛇。万福肩上横着青竹扁担，两梢撅着大木桶上山挑水，他走惯了山路，何况有白昼一样的月光，于是走得很快，不像在爬山。他在山那边干活，天黑乎乎回家，天黑乎乎挑水、煮饭、吃饭，天黑乎乎地赶路。

半山腰上有口井，山下人家吃的都是这井里的水。这井有个名，叫坟井，究其缘由，是井在一座坟下，那水看起来是从坟里涌出来似的。水也委实是从坟里涌出来的。坟里的人在世时人缘好，积的德多，人都当他没死一样，吃这水也没有一点儿嫌恶，没有感到什么怕的。

坟井里的水一年四季不枯竭，清冽冽，喝一口甜甜的，像泡了白砂糖。有几年里传过一阵风，说喝坟井的水治百病，港口里停泊的上海"战斗"号轮船上的船员，竟也知道了，闻风而动，拎着铅皮桶和一些能装水的家什，蜂拥爬到这里装水。他们是先喝上一通坟井的水，一次喝上几大碗，敞开肚皮喝，一直喝得肚皮溜溜的鼓为止，才朝桶里瓶子里装水，要带回上海给家里人喝，至于有没有治好病就不知道了。

在远远的山下就能看见井上的坟，坟丘好大，那上边的月光清淡得像层纱。万福埋头走一会儿路，抬头看一眼坟丘。离坟丘约百把步的光景，他见到坟丘上一幅从未见过、只听人传说过的画面：坟丘上，飘飘欲仙地站立着四个窈窕淑女，身上珠光宝气，舒长袖舞翩跹。万福疑是眼睛昏花，或幻觉，揉揉眼，再看，那四个淑女还在舞蹈着，风一样地向他款款飘来。万福心里热腾腾，觉得侥幸，遇上仙女啦……忽地，他见淑女无脚，站立时，身子僵直。他心里狂跳；她们是无脚鬼，鬼是无脚的。呀，我撞见鬼啦！他丢魂失魄，尿屎屙了一裤子，抛下两只大木桶，颤着寒冷的两腿，跑着滚着爬着赶回家。

人都晓得了坟井闹鬼。万福在床上躺了五天才缓过劲来，那两只大木桶还是在太阳升得丈把高的时候，几个男子汉结伴从半山腰上捡回来的。人在这时候才发现似的，那井是在坟下。坟下的井水怎么能吃呢！

坟井的水没人吃了，盈盈荡荡，溢出来，在草丛里无声无息地流淌。

坟井的水只有一个人吃，是赵二。

人都不把赵二当成一个正常人。赵二是傻子，没有人干的事情他去干，扫街道、扫厕所、抬死人等等。坟井的水只有赵二去吃。

赵二吃坟井的水起初没惹起人的注意，日子长了才注意起他。第一个注意赵二的人是万福。赵二吃坟井的水居然安然无恙，人们为天天翻山越岭掮水苦不堪言，赵二呢，脸上红光宝气，浑身是劲。

万福翻山掮水累够了，多穿烂了几双鞋子不说，掮一趟水回来骨头都散了架子，身子脱了一层皮，看赵二的舒适劲儿，只怨吃亏了。他想，坟井真有鬼吗，那天晚上是不是眼睛看花了！他极力地去想那天晚上的事情，最终也没想起来什么。他想吃坟井的水，又怕，怕闹"鬼"，怕人说他"傻"，赵二能吃那水是他傻，他万福可不是傻子呀。

万福想出一个点子,拿着盆盆罐罐从赵二缸里汲水吃,缸里的水与坟井里的水是两码子事情嘛!这样做,他身子一直安然无事,也无人说他万福"疯"和"傻"。

赵二心眼好,不计较自己出力挑的水被万福汲去吃了。日久天长,万福干脆撅着两只大木桶从赵二缸里掮水吃。赵二只是憨憨地笑,说:"吃吧,吃吧。"缸里的水尽了,赵二再去坟井掮,好歹家靠坟井近些。不久,赵二缸里常常缺水,他尽管一天四趟地掮水,缸里仍无水。人都学着万福,从赵二缸里汲水吃,都平安无事,都无人说傻。

坟井里的水只有赵二去汲。

人的烦恼都是自我寻找的结果。人抵抗烦恼其实是逃不出人性的牢房,是人性弱势存在的表现,是要通过自我的寻找重新确立人的身份。人想更好地生存下来,就要有不可或缺的精神境界,有了大度开放、辽阔的精神展示,才能获取一种绝世的力量。

青　苔

　　水柱在一条大涧边的路上跑，脚下一块拳头般大的石块绊了他一下，他生气地顺势抬脚猛地一踢，石块划一道抛物线，落进了大涧里。

　　大涧从山上下来，从一条石板马路下穿过，下面是直直壁立、几十丈深的大海。涧里的水流银河倒灌般直直地泻进海里。平滑光洁的大涧底，生满一层厚绒绒绿茵茵的青苔，宛如青翠色的长毡。

　　水柱走向涧底，拣拾山上洪水冲下来的铜丝银币什么。

　　大涧的两边窄窄的，没有水，也没有青苔，水柱走在上面，眼望着大涧中央青苔上的一截铜丝，伸手想拿，手臂不够长没拿到。他把一只脚轻轻地踏在青苔上，伸长臂膀又拿那东西，总算拿到了，这当儿，身体突然间失去平衡，屁股"啪"地跌坐在青苔上，他像坐在雪橇上一样疾速地向崖边滑去。他吓坏了，断肠般地哭喊起来，两手拼命扒抓青苔上可救性命的东西。青苔上能有什么东西可抓的？他只是抓了一手青苔，人更快地向下滑冲过去。

　　水柱看见了前面的崖边，听到了大涧崖下海水的轰响声。他几乎吓晕过去了，想喊却叫不出声音，看着自己马上要跌落进深深的大海。

　　水柱滑到了崖边，看见了大海，看见了三四只海鸥在眼前翱翔。是海鸥的鸣叫声唤醒了他，还是一种求生的本能，让他两手依然见什么抓什么,两脚见什么蹬什么。他一只脚猛地蹬住了他刚刚从上面踢下来的石块,这石块卡在石缝里,挡住了他继续下滑。水柱蹬住那块石块,滞止在崖边,哭啼声不止。

他死里逃生。被他遗弃的石块救了他的性命。

当他从那石块上抽回一只脚时,惊魂未定的眼睛睁得很大,认真地看着那救命的石块。

我们要相信,有很多看不见的力量操控着人,控制着人的生和死。

死,是个难以读懂的字眼,现在人看起来对死似乎都是读懂的,其实哪里弄懂了,一塌糊涂。自从人有了生命,就一直想弄懂死,可一直未弄懂,原因,是怕接近死。

我们没有弄懂死,又怎么能够弄懂生呢?

我们每天都在大步流星地朝死跑去。死每天跟着我们,像每天的太阳和月亮跟着我们早出晚归一样。死,才使人珍惜自己,有了困境,有了长吁短叹,有了惊异的恐惧。因为这样,人有了怜爱,有了理想,也有了奋斗。

我惊叹大海对死的态度。它也有干涸死了的一天。

人类近几十年以来对茫茫外太空的探索,还不是为了躲避死,寻求能够活下去的有像地球上一样的大海。大海每天走向死,每天又没有死,把盎然生机都给了离不开它而活着的人类和大自然。

对　弈

小镇上的人都会下石棋，不会下石棋不是小镇上的人。

小镇上的人下石棋不分男女老幼的，马路边、街巷里，二十几岁的儿媳妇盘腿席地而坐，和六七十岁的老公公对弈。石棋简简单单，随时随地在地上画几道线做棋盘，以大小形状不同的土块瓦片做棋子，双方就能下起棋来，输赢一次叫一盘，下了几盘之后，遇有别事，拔腿就走，无须收拾棋盘。

小镇上有个人物，叫刘四姁，瘦骨伶仃的像根芦苇，一年四季勾着脖子，虾着腰，咳咳喘喘的，几次，因为一口痰没有喘上来，差一点儿憋死过去。

刘四姁下一手好石棋，为此，镇上人都敬重他，镇委好几个有脸面的人物请他吃过八碗八碟。每天，除了刮风下雨，三九严寒天，他手里总少不了一个被油漆漆得红红的木盒子，来到街口最热闹的地方下石棋，一般人不找他对弈，知道赢不了他。他常常被众人甩在一边，看人下棋热闹，有时看得实在憋不住，给一方指点指点，另一方会恼火地两手朝棋盘上一捂，一划拉，乱了棋盘，爬起身，拍拍屁股走了。

然而，还是有不少人禁不住刘四姁那个红木匣子的诱惑，与他对弈起来。红木匣子里装着一副石棋。好讲究的石棋，十八颗白棋子，十八颗红棋子，清一色的蚕豆大，圆溜溜、光滑滑的。那红棋子是砖头的，白棋子是石头的，是他从海边拣来的。他想，自己是镇上下石棋数得着的人物，用的石棋也应该讲究嘛！

俗话说，强中还有强中手。刘四躺下了大半辈子石棋，败在手下的人成百成千的。然而，他始终没有赢过一个人的石棋，始终败在那个人的手下。为此，他恼怒得跺脚，嘴里飞溅出大团大团的唾沫星，嫉妒得几天咽不下饭，睡不着觉，路上远远瞧见，悄悄地绕道而过。

这人是谁，马知意。凡是和他对弈过的人还没有赢过他的哩！他和刘四躺一般大，不急不躁的性格，一天不讲几句话。街上也很少见着他的影子，有点时间就在家里收收拾拾的。有人慕名上门，就奉陪上几盘石棋。由于深居简出，在小镇上的名声不如刘四躺影响大。

这年冬天，刘四躺一下病倒在床上，吃了许多药，打了许多针，不顶事。中西医医生都说，他熬不过今冬。棋友们都上门探望他，刘四躺仰躺在床上，眼睛直直地盯着人群，抖着嘴唇，泪水哗哗的。棋友们劝他、宽慰他，他愈发泪水哗哗。他咳咳喘喘，断断续续地道出了心里话，说他活了六十好几岁，儿女成家的成家，立业的立业，死了也无牵挂。人迟死早死都得死，活到一百岁也是个死。他就是有一桩心愿未了结，到了阴间地府也不会快活，算一算，下了大半辈子石棋，没有赢过马知意。他提出，他是要走的人了，临走时能不能再会会马知意，争个输赢。

家里人备着几大包点心、几瓶洋河大曲、几条前门香烟，请马知意上门和刘四躺对弈，赔尽笑颜，说尽好话，请他手下留情，输一盘给刘四躺，好让他合上眼睛舒心地走去。棋友们也这样劝说马知意。马知意只笑，没有讲一句话。

棋友们在床边摆上刘四躺那一副很讲究的石棋，刘四躺执着红棋子，躺在床上和马知意对弈。周围人两眼不眨地跟着马知意，手里暗暗捏着一把汗，担心他让不让刘四齁赢盘棋。结果，马知意连拨三城，刘四齁输得眯上眼睛，躺在床上，一声不吭，连咳嗽声也不见了。家里人、棋友们心里刀剜一样难受，骂马知意不近人情，心狠歹毒，人都到奈河桥上了也不伸手拉一把。

哪知，太出乎意料了，自从那一场对弈，几周后，刘四齁鬼使神差般地爬起来了，走上街头，摆起石棋。家里人奇怪，棋友们奇怪，医生也感到奇怪。怪事，怪事！

开水茶

小镇人喝的几乎是白开水，也把它当成了茶水，家里来了客人，端上一碗或一杯热乎乎的白开水，算是热忱待客了。

我家住在半山腰上，屋后有一口浅井，泉水终年不涸，清洌爽口。停泊在港口码头上的"战斗"号轮船上的船员，让这泉水名声大振。这些上海人，船一靠上码头，纷纷拎着桶、拿着瓶瓶罐罐，爬上山，在我家浅井里取水。他们说，喝我家的井水比喝一般的茶水过瘾，如果用这水泡碧螺春，那是满口生津、香气萦绕。什么是碧螺春，我一无所知，心想肯定是什么稀奇的东西。这话传到我家邻里耳朵里，浅井里的水一下变成了能治百病的"仙水"。

白开水是我的童年。

白开水是我童年的茶水。

我喝了十几年白开水，对它有情，也对它有怨。怎能不怨，似乎永远饿得填不饱的肚子，哪能经受住滔滔不绝的白开水的一浪又一浪的冲刷？

感谢茶叶和茶水，这个时代来到时，我已十五六岁，我的容易饥饿的肚子不再常常饥寒交迫，让我身体不再虚弱，四肢有了硬邦邦的力量，像一个大小伙子了。

父亲让我知道这个世界上有几种树叶、几种野花，叫茶叶，泡出来的水不同于白开水，或绿色、或黄色、或咖啡色，或苦涩、或甜味、或淡香、或无香无味。

父亲让我知道云台山上的树叶几乎都是茶叶，都能泡水喝，让我知道云台山是一个波浪起伏、一望无际、郁郁葱葱的大茶园。

父亲带着我走进云台山，在沟壑间、峭壁上，细心地采撷各种野果树的叶子和藤蔓上的花卉。父亲知道得多，一口气能说出几十种树叶和花卉的用途，他说，山榴红的叶子泡白开水，喝了，能降血压，治腹胀，金银花泡白开水，喝了，能耳聪目明。我们手中的篮子和塑料袋里装满了树叶子和花卉。回到家中，父亲把树叶子和花卉放在笼子里蒸出来，摊在阳光下晒干，用开水泡出来，喝了，树叶子有点苦有点涩，花卉有点甜有点酸，再慢慢咂一咂嘴，舌尖上有一丝醇的香味。

我们家来了客人都用树叶子和花卉来泡茶，客人喝了，脸上都笑，称，真行呀，难得能想起这法子泡茶。他们一离开我家，嘴里往往会朝外连连"呸、呸"吐几下，手也会连连地揩擦留有一星苦涩味的嘴唇。

我只喝过一次树叶子泡的茶水，且仅仅喝了一口，在舌头上滚了一下，苦涩得忍不住立时把它喷出来，此后再也没有喝过。

树叶、花卉茶全让父亲喝了，他不仅喝，还把泡过的茶叶一瓣不少、有滋有味地吃了。

我依故喝白开水，一天三顿地喝，不厌其烦。

白开水是我的茶。

喝白开水和喝茶都是在喝一种心境。白开水看起来是无色无味，如果有心有意想到了，它便会有色有味，有灵有性。像一幅国画，画面上让人人揣摩、咀嚼、回味的地方，常常不是山水，而是留下的一片空白处。无画胜有画，无声胜有声。喝白开水和喝茶都一样，是让人心能平和的清澈有力量，能看到如洗的蓝天上有一朵白云在无拘无束地漫走，能看到无边的蔚蓝色上有一朵白浪花衬托着大海的博大，能听到山泉水轻轻松松的流动声，想到山的巍峨与厚重。

能达到茶的境界不容易，能达到白开水的境界更不容易。

开　门

房子都是依山而筑，不管大小破旧得如何，都有个或大或小的院子。街巷窄窄的，很洁净，铺着青青的、一般大的石板，光光滑滑。

阿嫂家的东边是街巷，睡在床上就能听到街道上过路人的脚步声。阿嫂在床上细心听着街道上的脚步声，等待着男人王大侉来家，他的脚步声她是能听出来的。每晚，王大侉不下班进家门她不睡觉，要知道，门开慢了会遭男人的骂和打。她也习惯了，男人骂倒没有什么，家家都这样，也不难为情，就是挨打受不住。

码头工人下班了，街巷里一阵喧哗、骚动，响起咚咚的剧烈敲门声，粗大嗓门吼叫起来："妈的，磨磨蹭蹭干什么，老子进去非抽你的懒筋！"

"还不开门，踹啦！老子挣钱养你这只懒猪，真算倒霉！"

阿嫂也好睡懒觉。太辛苦了，吃的苦不比男人差，天一亮，煮好饭，留给男人，自己拿块饼，边走边啃，上山拾草。晚上，躺上床，骨头就散了架子。

不远的地方，哪家婆娘挨打惨痛地哀叫起来。阿嫂想，那男的又没有喝上酒，要不就是没有吃上好东西。

阿嫂很乖，天生的听男人话，从来不要穿好吃好，勒着肚皮子，攒点钱给男人弄好吃的，男人在桌上吃香喝辣，她在一边看着。

石板路上过来一串脚步声,很轻,像踩在棉花上一样。谁?街上没有这样的男人,脚步轻得像女人。她抬起头,从后窗户朝外看了看,哦,怪不得不熟悉,是屋后刚刚新迁来的一家人。那小两口真有意思,没有小孩,整天缠绕在一起,不是男人用手拍一下女人屁股,就是女人用小拳头轻飘飘捶一下男人后背,他俩还常常面对面地围着一张桌子,酒盅碰酒盅,男的给女的嘴里夹菜呢。

那男的悄悄地走到门口,手指轻轻地叩门,嘴巴套在门缝上,蚊子叫似的,嗲声嗲气喊道:

"玉珍,玉珍,开门啦。"

声音细弱,生怕把她惊醒一样,好像她是个玻璃人似的,经不起一点儿震动。

"起来吧,天冷,披件衣服,小心受凉。"

娇滴滴的声音,听着浑身肉麻还不自在。

"我是德呀,俊德。呀,听不出我声音啦。"

还在逗乐呢!

阿嫂忍不住地捂着嘴哧哧笑起来,笑得眼里流泪,心里说,简直败气,像大人哄小孩似的。

咚咚咚,王大侉家的门猛然剧烈响起来。

"睡死过去啦,开门!"

阿嫂心一惊,哟,只顾闲听着,他回家了。

"来了,来了,就开门……"阿嫂连声应着,手忙脚乱,趿着鞋子,拉开门。

王大侉骂过、吃过、睡下。阿嫂还在想着房后的唤声,没有听完它心里不免有点惋惜。王大侉睡得沉沉的。她看了,心里不禁酸楚,人家的男人也是男人,唉……

又一晚,阿嫂正静心听着房后的叫门声,王大侉下班敲门了,阿嫂竟大胆地没有开门,一直到听完房后唤门声。王大侉在门外大声臭骂。进屋后，他痛打了她，问她为什么不马上开门。阿嫂二十五六岁，脸皮嫩嫩的，一头乌发，尤其那双乌亮的大眼睛和小小樱桃嘴，显得很漂亮。平时走在路上，有人多瞧她几眼，王大侉心里都吃醋，要竖着眼睛，把女人从头到脚瞪一遍。

阿嫂脸面镇静，心里发慌，怕少不了挨上一顿皮肉之痛。

王大侉愈发疑心，瞟瞟床上，瞧瞧床下，扫一遍屋里，一切还是那样，但他仍不放心，在心里嘀嘀咕咕。

"为什么不开门，妈的，在干什么？！"说着，他铁青起脸，亮起巴掌。

阿嫂两手抱头，一缩，钻进男人怀里。男人误解了。她两手圈在男人脖子上，哭着求男人饶她，委委实实地把听门事说了出来。

"那有什么好听！"王大侉粗暴地吼道。

第二晚，王大侉下班跑着赶到家，正好十点钟，他想证实女人说的话是不是真的。

十点，房后叫门了。王大侉咧开嘴乐起来。

"哪像个男人，是女人，一点儿火性没有。"王大侉讥笑道。

"男人就应该有男人的样子。"阿嫂躺在男人宽厚的胸脯上说。

也怪，以后几个晚上，王大侉一下班，三步并作两步赶到家，听房后男人叫门，他和女人在暗地里偷着笑。

这一晚，王大侉躺在床上听着叫门，不知怎么回事，气腾腾地爬起身，猛地将后窗扇"哐"地合上，声音很响亮。

"成什么体统，妈的，闹什么玩意儿！"

第二晚，阿嫂和王大侉早早拉熄电灯睡下，不愿再听那叫门声。可叫门声一直没有响起。过了十点，周围的打门声几乎过去了，还是没听见房后叫门声。两个人面面相觑，诧异、惘然，怎么回事？阿嫂其实心里有数，王大侉心里也有数，是他昨天晚上大声喊叫惊着了人家。

十天过去，叫门声始终不见。两个人还是准时十点坐在床上，希冀着，等待着，心里骚动着某种莫名的东西。

　　一天，那悄悄的脚步声慢慢走向阿嫂家，阿嫂听着，心咚咚响着快要蹦跳出胸膛。咚咚咚，轻轻的叩门声，阿嫂听了，是那么熟悉，那么喜欢。

　　"阿嫂，我是王大侉……"

　　看起来这是一个轻松婉约的故事，当揭开这故事嘻嘻调笑的表壳，我们就会沉重起来，不仅仅觉得有趣好玩，还会触摸到一个严峻而深层次的话题。尤其当下在价值观暧昧模糊的现代生活中，我们常常看着自己的个人和社会意义慢慢被吞噬掉。一个人被吃掉了，这是悲剧。如何不让人被吃掉，这向我们提出了人性的挑战和考验，怎样捍卫忠诚于自己，找寻到属于自己的价值与定位。我们的人群正承受着苦难，人性要求我们如此这般苦痛、被吃掉，不如快刀斩乱麻，从属于自己的灵魂深处，注入道德拯救的力量，摆脱掉苦痛和被吃掉。

香　火

独丸从母亲肚子里一生出来就是独丸。起初,他小,母亲没有注意到。五六岁光景,母亲用手常常在他两腿间试来试去,发现真的只有一个微微的软乎乎的丸子。母亲觉得苗头不对,紧张地告诉丈夫。丈夫心悬了起来,用手在儿子两腿间细细地试了试,果然,找遍每一个角落,始终是一个东西滑来滑去的。但他还是有点猜忌和怀疑,怎么会呢,我余家没有这根底啊,从我老爹的老爹开始,直到我,都是单传,难道到我儿子这一辈子就断根了吗……

独丸大了,长得并不比别的孩子逊色,高高大大的个头,红润丰满的脸面,蒲扇般的大手大脚,百十来斤重的担子挑起来不打晃,走上百把米远的路也不心慌腿软。父亲望着儿子钢桩般的身板想,凭这强壮的身骨,我不信儿子将来连个小孩子也生不出来!父亲再三告诉女人,在外面对儿子独丸的事情千万不能漏一点儿风声。女人明白地说:"就你懂,拿我当作痴子,我连儿子将来要找媳妇还不知道啊……"

也怪,外面人还是知道了独丸是一个丸子。独丸有个名儿,怪文的,叫余澍,他父亲给他起这个名字什么意思不知道,查《辞海》,澍的意思是及时雨。但人都不喊余澍这个名,男的女的、老的少的,挺顺口地喊他独丸,他也自自然然地应声道。喊独丸归喊独丸,不过,从未见人认真打量独丸两腿间,看看是否是独丸,这也许是独丸年纪还小的原因吧。

美国鬼子打朝鲜，战火烧到鸭绿江边那年，有血性的男儿纷纷报名参加志愿军，跨过鸭绿江，保家卫国。

朋友催问道："独丸，怎么不报名参军？"

独丸讪讪地笑，狡黠地问："体检吗？"

朋友点点头，"体检，很简单，嗨，什么体检，像我们这样大的年轻人，身体有什么毛病，医生简单看看就行了。"

独丸不放心，问："检查什么？"

朋友说："眼睛，耳朵，心脏，腿和手。"

独丸问："别的不检查吗？"

朋友说："不检查。"

独丸还想问查不查像自己这样的毛病，话在舌头上滚了几个来回，觉得难为情，咽回去了。

朋友挟持着独丸去体检，独丸心里忐忑不安。

独丸轻而易举地过了关，医生端详端详他，拍拍他肩头，就合格了，并没有检查那毛病。呀，这么简单！独丸自嘲地笑起来，人家查那干什么，没见医生查过那玩意儿……

后来，他下了朝鲜战场，胸前佩戴着勋章，回到故里，家里想办法要给他说媳妇，他才又想起自己那毛病，刚刚回来时的神采荡然无存，心事重重。他整日蔫蔫奄奄打不起精神，不思工作，不思上进，不思荣誉，一门心思想自己那毛病。晚上，倒在床上，有时仿佛不相信，两手插进裤衩里摸来摸去，试图找到那一个，每每都以失落告终，吐出一口长长的闷气，闹得心情越发沉重、意志消沉。

不要说见面了，女孩子听到独丸这名字随即退避三舍，谁愿意嫁给一个独丸不能生子的人，说难听一点儿，那是残疾人。

独丸贵在自知之明，识趣，不吃窝边草，托人说媒跑得远远的，让对方如坠云雾山中，用远水解渴。一连介绍三个女孩子，都被独丸的光荣历史迷住，被独丸强壮的体魄所吸引，跟着独丸来家看看。进了小镇，人瞧稀罕地盯她，盯独丸。独丸脸红扑扑的，闪耀着镜子般的光彩。人在独丸身后叽叽咕咕议论着独丸，这被她听进了耳里，顿感耻辱，觉得蓬头垢面，无颜见人，一声未吭，半途蒙羞回家。

人言可畏。独丸可怜兮兮，满脸笑眯眯地做了镇上快嘴快舌人的工作，让高抬贵手，下不为例，捧场说些好话。他感激涕零地向人鞠躬，致谢。

常言道，纸包不住火。又介绍来一个女孩子，她低着头羞答答地跟着独丸进了小镇。独丸向围观他的人群露着感恩戴德的微笑，直到进了家里，一颗悬着的心才算放下来。独丸给女孩子泡茶，向女孩子介绍已故的双亲，极尽百般的殷勤。独丸和女孩子谈话正浓时，闯进来一个青年，无意中，脱口喊了一声，独丸，恭喜你啊！女孩子听到独丸名字，心里一震，用迟疑陌生的目光打量一下他，问缘故，诚实的独丸支支吾吾，累得脑门上朝下掉汗珠。女孩子总算明白过来了，爬起身，生怕将屋子里晦气的灰尘带走似的，拍拍屁股，钻出门，快要走出小镇时，对着独丸骂一句："骗子，活该受罪！"

独丸有苦难言。他苦笑笑，无奈地晃晃头。

独丸孤寂地挨日子。

三十四岁时，独丸好歹说上了一个对象，完成了终身大事。

这对象长得一副福相，胖头大耳，镶着金牙，手里衔着香烟。她穿得也利索、素净，衣服从不见打补丁。她是认准独丸一个丸子上门的，她是结过婚的人，前夫结婚不足一年死的。她再找对象也难，脸上有大麻子不说，还好抽烟，谁个男人愿娶个抽烟的女人哩！

独丸和金牙女人没有举行什么结婚仪式，女人进了他屋，就算结了婚。

有了女人，独丸的三间茅屋里有了生气，烟囱里冒出了生命的炊烟。独丸天天嘻嘻地笑，下班颠颠地朝家赶，在家忙里跑外不闲手。他心疼女人，只差将女人像菩萨一样供奉起来。

近邻男人女人瞧不起独丸天天围着女人转圈子的贱样子，嘲笑他，捉弄他。

金牙女人对独丸可好着呢！可独丸心虚，惭愧。

结婚二十天，独丸没有成功过一次。他急，他躁，他骂，他喊，他哭，他恨，他气。金牙女人却从不急，不躁，不骂，不喊，不恨，不气。她反而安慰他，调理他。他汗流满面时，她拭净他的汗水，他气喘吁吁时，他给他轻轻按摩，她让他高兴、激动、亢奋。

然而，他俩也有凄凉时，这便是无子无女。邻里都有子有女，有乐有笑。她和他也笑也乐，那只不过是秋野里的困乏无味的笑。他和她期待有一个孩子，有一个整日绕着他们双膝，绕着房子跑啊、乐啊的孩子……

坐在饭桌上，独丸常出神地望着邻里的孩子。

独丸和金牙女人在一起同床共枕十五年。

金牙女人觉得三间茅屋太寂寞，应该生机起来、欢乐起来、充满意义。她想在他们的饭桌上能有一个孩子、一个漂亮的男孩子，把独丸从沉闷中解脱出来。

金牙女人看准了一个邻人男孩子，叫春生，他父母早逝，与奶奶在一起过活。

春生读初中三年级了，身体棒棒的，打一手好篮球，每天下午放课前必到球场上过过球瘾。潇洒的是他一头黑发，有一绺漂亮的头发常常耷在左眼上，他很有风度地把头轻轻一摆，那绺头发灵巧地飘落到一侧。春生小时候最喜欢和独丸在一起玩，大了就来往少了。

一天早晨，春生在床上未起来，金牙女人过来了，给春生端来一碗荷包蛋。他不安起来，有点犯了难。金牙女人说是独丸叔叫她送来的，她逼着他喝下去。

春生有睡午觉的习惯。睡着的春生胸脯肌肉高高隆起，两臂肌肉一大嘟噜。

这天，他正睡午觉，身上只剩一件短裤衩，仰面躺在凉席上，微微打着呼噜。

金牙女人听了隔着一道薄墙的呼噜声，知道是春生睡熟了，她向独丸比画一下手势，递了几个眼色，蒙眬地告诉说，我要给你生个儿子了。独丸望着她，乐了，不住地点头。

春生瘦了。春生上课打盹儿了。球场上骁勇的春生不见了，只有面色苍黄的春生。

邻人瞧春生脸色不对，疑云飘飘。邻人想起独丸不该上班时也去上班，屋里只留有金牙女人，春生像小偷一样闪进去，把板门闩得紧紧的。邻人还想起中午金牙女人穿一件露出半截奶子的短衫和一件不大的短花裤，睡在袒胸露臂的春生身边。邻人还想起金牙女人专门做好吃的给春生补养身体。邻人议论春生和金牙女人有那个事了。王大侉怜惜独丸，大手挥挥说："不要瞎猜，没有的事……"

金牙女人心里有鬼，不出门了。背地里，她脸上露着一点儿愧色，低低地说："我也不知道……"

独丸面无表情，在人前低头走路。

金牙女人有了！已四十岁的老女人激动不已，曾有的屈辱、羞耻、难堪统统不见踪影，昨天还萎靡的身体今天挺直了起来，脸上、眼里、精神上洋溢着的是神圣的光彩，价值的荣耀，女人的喜悦。

她抑制不住地告诉独丸，说肚子里有了。他感到太突然，心里兴奋得简直有点承受不住。独丸满脸花开，瞪大惊奇放光的眼睛，不太相信地问："真的呀？"

她说："不会错。早该来的，一直没来，过半个月了。"

灵验了，金牙女人有妊娠反应。早晨，独丸和女人去街上，女人正说话，突然口一咧，勾着脖子，"哇"地倒出一大摊酸不拉几的东西。独丸确信女人有了，忙不迭地架着女人回家。

她反应很重，肚里装不进一点儿饭食。

独丸视女人的肚子如同珍宝一样，不许她乱走乱动，不许她做任何大小事情。她整日睡在床上，饭来张口，衣来伸手。

她好吃酸，一吃一肚子。独丸下班必从街上绕上一圈子，带回两串酸酸的冰糖葫芦和一些山楂、杏脯。她想着吃东西，只要想吃的东西，小镇即便没有，独丸也会想办法从外面买来。

肚子一天一个样子，蓬蓬勃勃地隆鼓起来。

邻人议论纷纷，骂声不绝。邻人唯恐骂声太低，那金牙女人听不到，放声高骂，骂得野，骂得鸡飞狗跳。

独丸知丑，走路匆匆的，低头不看人。

金牙女人习惯了，不在乎了，很神气很光彩地在门前晃来晃去。独丸叮嘱她，不要出门，她倔强地非要出门，说："走走好，生孩子容易，要不到时会疼死的。"

独丸不在家时，她挺着大肚子上街，手里拿着冰糖葫芦，边吃边和人招呼、嬉笑、说话，像怕人们不知道，还没有看见她的大肚子。

撕心裂肺、鬼哭狼嚎、毛骨悚然的时候来了，金牙女人肚子痛了一天半没有生下孩子。

两天两夜的苦难，金牙女人仿佛走完了女人的一生。她的工夫没有白费，得了一子，重八斤。当医生告诉她时，她几乎不相信。

小子长得白白胖胖，模样酷像春生。

独丸起初对儿子的长相茫然，转而喜洋洋地抱起儿子，逗着说："儿子，我儿子。"

金牙女人完成一桩神圣使命似的，欣慰、满足地望着男人怀抱着孩子。

过了十二天，独丸还没有给儿子起名字。金牙女人嘱咐独丸，只有这么一个儿子,要欢欢喜喜摆上几大桌,请亲朋好友都来,邻居也请来,好好庆祝庆祝。

独丸忧郁地说:"邻居还请吗……"

金牙女人明白男人的话意,可她横下心要请邻居,让他们看看她和男人的神气,看看他们儿子的风采,让她们该气气……

独丸照女人的话去做了。

客人来了。客人都笑,恭贺金牙女人,夸赞孩子漂亮。

独丸点燃了四挂五百头的大鞭,足足响了二十分钟,鞭屑红红绿绿落满一地,铺一层地毯似的。

小镇人都知道独丸家放喜鞭,都知道独丸得了一个儿子,生下时八斤重。

客人坐下,花天酒地,大吃大喝。

独丸应接不暇,酬谢客人。忽地,他觉得心里隐隐的有一桩事情,搔得心猿意马,坐立不安。他要去房里看看女人和儿子,人们都拉住他,玩笑他,说女人跑不走,孩子飞不走,要他喝酒。独丸涨红脸,要脱身,豪爽地与桌上人各碰一杯酒,随后大步跨进屋。儿子甜甜地睡在床上,女人却不在屋里。

他心里隐隐地不安,觉得女人要出事。他差人四处寻找女人。有人发现了他的金牙女人,已淹死在了海边。他轰地碎了,眼睛黑了。瞬间,他明白老婆为什么要摆酒席……

独丸跑到海滩上,一把紧紧抱住女人,大哭起来,豆粒大的泪珠滴满女人苍白的脸上。女人死了,安静地死了,死去好一阵儿。

啊——我为什么喝酒呀,我为什么不守住孩子的妈呀——

独丸恸哭着,悲恸地诉说,怪我啊,我对不起你呀,我早该说出来。你为什么死,孩子是我的儿子,是我的儿子,和我生得一模一样,你不该死……

王大侉是个好心人,把独丸的儿子抱来,说让他看最后一眼妈妈。儿子醒了，一个劲地哭。

酒席早散了，客人身上还带着浓烈的酒味围着独丸。刚刚，他们的恭贺、敬酒都是轻蔑和调侃的表演。这阵，他们心里难过起来，感到对不起独丸，更对不起刚出生的小孩，若要说大人有过，可是小孩无辜呀……再说独丸这么些年过来，无儿无女容易吗？他们感叹，金牙女人为了男人的传宗接代把命都豁上了，这有几个女人能做到？

独丸没有女人了。

但独丸有了一个儿子，他抱着孩子，在人多的地方出没，常说："看，我儿子像我不？"

人们支支吾吾道："像，活像一个模子里倒出来的。"

独丸直乐。

这是悲凉、伤感的故事。

我讲的这个故事，是为抚平我心里四十多年难以治愈的疼痛。故事和里面的人物几乎荒诞不经，但我亲睹过这个过程，惊悚不已。在我温亲的街巷里，有时候，我觉得窒息难忍。

故事是残忍了些，但一个在大海气息里漂浮的女人，敢于冲破世俗的逼迫，把自己还原成一个本来女人的样子，坚守了人的尊严，这种自爱不是弥足珍贵吗？！

大　桅

大桅的父亲被国民党部队抓壮丁走后的第三个年头，在一个漆黑的冬夜竟出生入死地逃了回来，当女人给他捧上胖嘟嘟的儿子大桅时，大桅的父亲乐得前俯后仰。大桅的母亲在一边眼里也淌出了幸福的泪水，大桅的父亲对女人说，行，你为我的祖宗续了香火。

大桅的父亲一直等待大桅喊他第一声爸爸。

大桅七岁了，一直未喊父亲一声爸爸。

大桅有一双黑白分明的大眼睛，水灵灵的，像会说话。他的嘴不大，唇却殷红、饱实、活泼，唇角明晰。大桅说话逗人乐，他比一般大年纪的孩子会说话。

大桅的父亲用陌生的眼神看儿子，是我儿子吗？

大桅用怔怔的眼睛望父亲。

母亲用手拧大桅的屁股，他咬住牙齿嘴里硬蹦不出个爸爸。

母亲眼里挤出泪，一脸窘色地面对儿子的父亲，心里惨惨地对不住他。

大桅的父亲无法排除邪念，睁大眼睛在大桅的脸上、眼里、头上、身上、腿上细细地一点点搜索，企图查辨出一点儿与自己异样的印记。

大桅的母亲无声地流泪，低低地饮泣。

大桅的一切向父亲显示，不容置疑地纯属他的儿子，别人再不会生出他这样的第二个大桅。

父亲对大桅失笑后,用宽慰的大笑逗心已冰封的母亲。喊爸爸也行,不喊也行,反正是我的儿子!

女人绽出了笑。大桅的父亲久已不见的笑像一束阳光照耀着大桅的母亲。

大桅的母亲一刻也没有忘记让儿子喊爸爸。她对大桅说,他真是你爸爸。

大桅的父亲的朋友王大侉劝导大桅,喊爸爸呀!

大桅无表情的脸是白色的。

大桅二十几岁了,母亲让他去喊干活的父亲来家吃饭。他去了,看到父亲光着大汗淋漓的脊梁正埋头干活。

大桅一声不吭地看着父亲,等待父亲转身,告诉他吃饭。

父亲身边干活的人发现了大桅,都窃笑,看他怎么喊父亲。

大桅愣愣地站在原地。

有人忍耐不住告诉大桅的父亲,大桅来了。

父亲转头看了看儿子。

大桅说,我妈叫你回去吃饭。

说完话,大桅就走了。

有人说大桅的父亲,你这一辈子吃亏了,生这么一个大儿子不喊你爸。

父亲不在乎地一笑,习惯了,都一样。

父亲病倒了。

父亲可能要过去了。

父亲用依依难舍的恋情盯儿子。

王大侉说,大桅,你父亲不想走,是想听你喊爸。

大桅无内容的眼睛静静地闪耀着。

王大侉说,大桅,你爸爸一辈子未听到你喊爸,心里难受。

大桅突然难听地笑笑。人们都悚然地望他，像望一只乌鸦。

大桅的父亲忽然示意周围人把他头再垫高些。大桅的父亲憋了半天气，瞪直眼睛，断断续续说，不……要……难……为……大……桅……我……一……辈……子……也……没……喊……爸……

大桅的父亲过去了。

有人说，人的心比天地大，其实夸大了，晕死了，把人心看大了。人心不如海大的。我们有许多愚蠢错误的行为，都是偏执狭隘的意识引导的恶果。不知道是谁第一个喊出大海这个大字的，地球上没有比大海更大更能海纳百川的物类了。我们只有学会摒弃狭窄，才能有大，有更大的精神和心性的自由。

鬼叫的声音

石的家住在海边。

刘的家住在山南边。

石家和刘家有点亲戚关系，常来常往，亲密甚笃。他们往来没有车，都是翻山越岭。

石的家有一男孩，叫成可。

刘的家有一女孩，叫珠子。

成可十八岁那年，珠子十六岁那年，成可的母亲来到石家的门上，提成可和珠子的亲事。

一拍即合，刘的父亲颇兴奋，好像这一天专门在等待成可的母亲上门来提亲似的，刘早有此意，将珠子看成石家的人。

成可的母亲商议，让珠子去山那边，见识见识，同时可与成可一块下海小捞，给这边家里带来收入。

刘一口应允，珠子是那边人了，迟去早去都是去，有什么担心的！

珠子去了山那边，住在海边，天天看海。

成可和珠子天生的一对，都秀气，两个人整日一起下海。成可格外关照珠子，珠子也乖乖地听成可的话。

珠子心里说，成可好呢，疼人，手脚也勤。

珠子对邻舍一家的男孩也有好感，他是丁民，与成可一般大。

丁民喜欢珠子，常和珠子说笑。但丁民知道珠子已属于成可的。

丁民心里对成可有点别扭了。

海里落潮时，成可和珠子就下海。

成可和珠子的家舍分为前门和后门，下海时走前门不走后门。后门下有一条涧沟，青天白日都有些阴。成可的母亲很早就告诉过成可，现在又告诉珠子，成可的父亲是在海边涧沟里淹死的。

成可觉得涧沟里笼着一层晦暗的阴气，有鬼喊。

珠子也不走后门。

这晚，海里落大潮，成可和珠子要下海大捕。正欲出前门，后门有人呼叫成可。

成可先是心怀疑鬼叫。再细听，确认是人，且亲切，是鬼叫不出来的，于是打开后门，站在门里朝外望。

珠子说，半夜怎么有人叫你？

成可不见人，欲关门。此时外面人又亲切地喊成可。

成可——明天下海——

成可顺口答应了。

噢——

珠子觉得成可答应时嘴唇在动，他心动了，却口上没有应允。

成可关了门不再下海，凭珠子怎么劝说也不下海。

次日，海里大潮，海水涨得满满当当。

成可要下海。

珠子说，满潮下海干什么！

成可仅说，下海。

珠子始终不放心，想着昨晚有人不明不白约成可下海，便不让他出门。

成可执意要下海。

珠子扛不住成可的威胁，就告诉成可的母亲，成可的母亲寻找成可时，他已下海了。

成可去海里，一去不返，再见时，仰面朝天一动不动地浮在海面上，死了。

成可全家哀痛。

涧沟里的晦暗阴气愈见浓稠。

珠子怨成可不听她的，说话时她眼里直掉泪。

成可的母亲说成可是他父亲招了去的，珠子说成可是听了鬼话，又应了鬼话，是被鬼带走的。丢了成可后，成可的母亲恨珠子，珠子不知道为什么。

丁民想珠子属于她的。

珠子讲成可被淹死的事给丁民听，说那晚她听见了鬼喊，甚至答应了鬼喊，为什么成可死了，她却没死。

丁民瞳孔忽然放大，用一种异样的光泽盯着珠子，丁民再未和珠子讲话。

珠子孤独。珠子觉得见了大海浑身发疼不自在。

珠子咬了咬嘴唇，没有对成可的母亲说，没有对丁民说，悄悄离开了海，回到了山那边的平原。

爱情损毁于大海传送出一种哲学的隐喻。

太完美就是不完美，因为太完美太绝对，袒露给人们的不符合想象，和生活有距离，他们不喜欢，不需要。

爱情是残缺最好的载体，残缺一点儿是完美的，大海是残缺的检阅者。

打碎一个完美，另一个残缺的完美就诞生了，魅惑着世界，放出另一个完美的自己。

犀牛角

在外地人面前，我的街上人常常夸我们街上有块犀牛角。然街上人谁也没见过犀牛角长得什么样，只听街巷上黄小五说他有大拇指粗这么一小块，是祖上传下来的。对犀牛角的传说神乎极了，说犀牛长在海底，非常凶狠，从它头上锯下一小截角不容易。还说它能治百病，很难治的病，只要嘴里稍含点犀牛角的粉末就能好，什么高烧不退、头上生疔、脚上长疮，只要点上点犀牛角的粉末就迎刃而解。

街上也有人不相信黄小五会有犀牛角，也还有人好奇，曾当众要黄小五回家拿来犀牛角看看。黄小五说什么也不肯拿出来，只是使上浑身力气，赌咒发誓说，谁要家里没有，大人和小孩出门就掉海里淹死。他怕别人不信，把犀牛角用红布裹起来，收藏在箱底的细节也说了出来，还比手画脚，有眉有眼地说，犀牛角剩下的不大了，祖上传了几代，治过一些人。街上人得个什么病，都会想起来犀牛角，哪怕看上一眼，也会顿觉病情好了一半，不过，谁都知道，那也只能想想，黄小五不会为他掏出犀牛角的。黄小五每每谈起犀牛角，唾沫星能飞到三尺开外，让众人对他十分起敬。话题一旦离开犀牛角，大家对黄小五嗤之以鼻，当作笑料。

黄小五何许人也？他住在两间低矮的茅房里。有人用通俗的语言呼黄小五为拾大粪者，粗通文墨的称其为卫生管理员。他通管小镇所有大小厕所,每天把所有"化肥"用板车拖拉到二十里外"支农"。

每天太阳从海面上升起时,黄小五身披万道霞光,沿着海边青石板大路,驾着板车,老婆王桂花走在前面,肩膀上套着一根绳子,埋着头,拉着车子,简直像头驴子。黄小五一只手扶住车把,一只手拿着老婆刚刚买来的还热腾腾的油条大口咀嚼着。王桂花拉车累得脸上汗水像断线的珍珠一样直往下掉,气喘吁吁,黄小五轻松自在,优哉游哉!王桂花不敢吭一声,在他面前像老鼠见了猫一样乖乖的。

不善讲话的独丸看不过去,说:"小五呀,你不要脸皮哪,怎么好意思让老婆拉车头,你在后边吃呢,不嫌丢人啊!"

黄小五一脸不在乎的神情,嘴里闪亮着一颗金闪闪的大金牙,说:"我家女人和人家女人不一样,她不吃,就喜欢看我吃。"

黄小五一天三顿酒,挣的一点儿钱全都花在酒和烟叶上。拉大粪回来后,他倒背两手,无论如何要从市场上走一遭,不是提一条小鱼回来,就是拎几只小虾回家,最最没有东西下酒的时候,萝卜干也行。只要喝酒,他必冲着小孩和王桂花吆五喝六、骂骂咧咧,六亲不认。

黄小五嘴馋,只顾自己,不顾家里。周围家家户户用上电灯,他一家人还窝在煤油灯下。

有一次,王桂花实在忍无可忍,反了。事情起因是这样的:大闺女在外面玩,邻人都瞧不起她,用嘲弄她父亲的口吻嘲弄她。她还小,大一点儿的孩子嘲弄她,她糊里糊涂如堕五里云雾中,傻傻的什么也不知道。人家笑她,她随着笑,直到人打她,才知道疼。一个男孩子拿块糖蘸点鸡屎递给她,她生怕人家抢回去似的,接到手一把塞进嘴里,咂出味道时已迟了。她惊慌地跑回家喊妈妈。王桂花一边责骂闺女,一边斗胆冲向黄小五,喊道:"人家是照客兑汤,都是冲你才这样欺负小孩的,你要有本事,不这么窝囊,谁敢欺负！"

黄小五气得脸如肝色，脚下带火冲到门外，要找小孩吹胡瞪眼算账。哪知，小孩一见黄小五出来，像小鸡见了老鹰"轰"地一下飞散了。黄小五只能对着空无一人的街巷瞪瞪眼咬牙切齿地骂上几声，泄泄恨了。

黄小五出口伤人，孩子们的父母不依不饶，堵在黄小五门前，要打他嘴巴子。黄小五起初不肯承认，嘴唇甜甜的，"大爷呀，我这么大岁数，怎么能说出那话，除非吃狗屎倒着长，能骂出那话。"

人多势众，大家都不让他，无奈之下，黄小五会丧气地承认骂了脏话。人家要打他，他两手像两面和战的旗帜举过头顶，连连摇着，可怜地喊大爷大奶大嫂大哥的，骂自己不懂好歹，白吃了四十多年饭，那脏话全骂他自己、骂他老婆和小孩的。

邻人散了，窝着气的黄小五打闺女出闷气，王桂花阻拦着不让打。黄小五火性上来了，一把抓住老婆头发，拖拽起来，闹得屋里鸡飞狗跳、鬼哭狼嚎、乌烟瘴气。有邻人看不过去来劝架，黄小五眼睛珠子鼓老大，脖子上的青筋胀老粗，可着嗓门，鬼嚎似的，"谁他妈的管闲事，我骂人了！"王桂花头发都被扯下来了，嘴巴半点不认输，犟道："人家男人上山下海去挣钱，你天天吃、天天喝，还像男人吗？"

闹腾了一夜。第二早，天粉亮，黄小五瞪了老婆一眼，说："我不是男人，我死，你重找男人过好日子吧。"

王桂花只当男人说气话，在床上没回头。

黄小五在屋里翻腾一会儿，找出一根粗绳子，拉开门，出去了。

大闺女起早煮饭，瞅着父亲拿着绳子上山，哭喊着叫妈妈："我爸拿绳上山啦——"

王桂花惊吓地从床上翻起身。丈夫属驴脾气，在气头上什么事都能做出来。她惊慌失措地对大闺女说："你爸上山上吊的，快追、快喊人——"

邻人都不相信黄小五会上吊,见了王桂花失魂落魄的样子,又信了。大家都叹息,黄小五万一有个三长两短,这家人不就散架了吗!

黄小五到底是黄小五,他哪里想死,是吓唬王桂花的。此时,他端坐在一根松树下的岩石上,嘴里衔着短杆烟袋,看山下人寻找他的笑话。

王大侉和独丸要找到他时,黄小五磕磕烟锅,把烟袋别在腰间,站起身,装着朝树上挂绳子,当把脖子要伸进绳索时,发现他的王大侉和独丸也赶了上来,一下子紧紧地抱住他。黄小五假戏真演,演得真像。人抱住了他,他甩臂踢脚,哭着嚷着,挣扎着要死要活的。两个人用足力气,才抬着架着他回到家中。

王桂花被男人这一吓,害怕了,小心地侍候他。晚上,黄小五对她实实好,臂膀揽过她,自卖自夸道:"你怕什么,他们不上山下海没吃没喝,我怕什么,我有……"

王桂花心想:我男人手里肯定有祖上传下来的什么东西。她两眼溢彩,手摩挲着男人粗糙的脸皮,问:"怎么从来没有听你说起过?"

黄小五抱怨地说:"你怎么不知道?外边人都知道,我有块犀牛角。"

顿时,王桂花没了精神。

黄小五却两眼炯炯有神,叮咛说:"镇上人两眼都瞪着它,馋死了。你不要乱动它……"

王桂花真是又笑又气,说:"莫痴心了呗。破烂玩意儿。人家都亮电灯,我家……"

黄小五不耐烦地打断老婆的话,说:"他们不让我接电线,到时想叫我给眼屎大点犀牛角也没有。"

说着,黄小五趿拉着鞋子,走到箱子前,翻箱拿那块红布包起来的犀牛角。它不见了。黄小五大声地问老婆和小孩，她们都一个劲地晃头，说不知道。

黄小五骂老婆，骂闺女，骂得嘴角堆上白沫子。他骂累了，还哑着嗓子骂："我这一辈子算了，败家子……我不信，你们不动外边人能来动呀……"

王桂花被吓哭了，鼻涕一把泪一把地低低哭泣，几个闺女抱在一起也吓得哭了起来。

街上人都知道黄小五丢了犀牛角，为他叹气，为小镇悲哀。

此后，黄小五丢了魂一样，萎靡不振，身子也一下子矮小了，在人多的地方话也少了。他好好一个人像一夜之间老了十几岁。

人都担心，黄小五往后的日子怎么过呀。

这天，黄小五一声不响地扛着扁担绳子上山去。邻人告诉了王桂花，她立时吓得晕头转向，在街巷里边跟跟跄跄地跑，边哭喊道："救人啦——黄小五上山上吊啦——"

人被惊动了，都相信黄小五丢了犀牛角后灰心丧气，一时窝囊上山去上吊。人群喊着吵着朝山上拥，寻找黄小五。山那么大，找一个人谈何容易，一直到太阳要落山时，也没有找到黄小五。

人家亮灯吃饭时，鬼使神差般地，黄小五担着两大捆柴枝，回到家中。

妈呀，一家人见到黄小五站在院里，惊喜得失声哭起来。黄小五眨巴着眼睛，莫名其妙，问："你们怎么了，哭什么？"

听了这话，王桂花又破涕而笑。

黄小五变了，变得和以前大不一样，他家很少有吵闹声了，听不到他神侃犀牛角了，看不见他早晨让王桂花拉车头自己吃油条了。邻人看见他有时候在家里还喝酒，不过吃的是萝卜干。

黄小五确实变好了，可街上不少人倒不适应了，觉得每天日子无聊、没了滋味。他们觉得过去的黄小五好玩，他还像过去一样该多好哇。独丸还在逗黄小五，问："小五，你家犀牛角到底丢没丢呢？"

他认真说："真丢了，谁骗人是小狗。"

独丸说："我们没人见过你家犀牛角，你是真有假有啊？"

"这什么话，把我当什么人了。"黄小五不高兴地从嘴里拿出烟袋，在鞋底上磕磕，走了。

一天傍晚，黄小五为没吃好饭，又和王桂花干上了，还动了手。街上又热闹了，纷纷说："黄小五家又打了，他改不掉的。"

还有人关心地问："为什么啊？王桂花打得重不重啊？"

他们开心地想，街上又要热闹了⋯⋯

谁知道，王大侉和独丸都瞅见，黄小五和王桂花吵闹后，在背地里，难过地淌下泪水。街上人都为黄小五的行为惊讶了。同时，心里有点怪怪的自责、怪怪的难堪，感觉对不住黄小五，巴望他家不会再有吵闹声⋯⋯

打山洞的叔父

叔父老了，他常常坐在家门口的夕阳红辉里，仰望着对面的大山。

我看见，他眼睛里时不时会闪耀着湿漉漉的泪光。

叔父只能回忆大山了。他有像大山一样魁梧、结实的体格，但这一辈子没有做出一件像大山一样沉甸甸的大事情。

叔父这一辈子引以为豪的事也就是曾参加过开凿北云台山隧道。

我见过他怎样开凿隧道的。那时，他三十几岁，身上力壮。之前，他一直在港口码头八队做工人，八队是一个老人班，大凡进去的人都相当于"退二线"，享受干轻活的待遇。叔父自以为体魄强壮，分配到八队是对他的不尊重，人前人后忍不住发泄不满情绪。叔父来到坑道班了，开凿云台山隧道。

坑道班没有几个人，几人一组，每日轮转开凿隧道。叔父冬天去上班，身上穿着的一件破棉袄上，紧紧勒着一根草绳。进了隧道里，他头上戴着藤条安全帽，脚上穿着高筒水靴。他的劳动工具不是今天轻便快捷的电钻，而是原始、笨拙的铁锤和钢钎。叔父喜欢抡铁锤，嘴中喊唱着山歌般的号子，手中的铁锤一下一下准确地夯在钢钎上，发出清亮铿锵的声音。有时，扶钢钎的人怕叔父抡铁锤太累了，换下他，让他扶钢钎。这时，叔父半真半假地调侃说："你行吗？锤头不要砸我手上呀。"嗨，真的被叔父说准了，那人铁锤没

有砸到钢钎上，落到了叔父手上。使铁锤的人很懊丧，说："我对不起你，伤得厉害吧？"叔父爽朗地笑了，

甩一甩疼痛的手，轻松说："一下两下砸不伤我，我是什么身体？"

在别人眼中，开凿隧道是一个又累又脏又危险的活。隧道里的顶部塌陷过，还掉下过一块几吨重的大石头，所幸没有伤到人。有的人坚持不住，离开了坑道班。叔父没有走，没有背叛隧道，一干就是八年。他把自己当成炉里燃烧的煤球，还没有烧完怎么能够冷却、倒出来呢？他心属于隧道，把这里当成了家，在这儿住下来了，在这儿做饭升起了精彩的炊烟，在这儿伴着一天星星睡觉了。

我小娘是围绕着叔父转的一个女人，她在心里紧紧抱住叔父，她怕叔父吃不好睡不好会生病，追到隧道里来，要他下班回家。叔父直脾气，用几句带火药味、冒火星的话就把小娘撵走了。

叔父生病了，常年在阴凉、尘埃飞扬的隧道里打眼放炮，最容易患上严重的矽肺和关节炎。

一座绵延起伏的大山，让叔父他们开凿出了一条气势磅礴的隧道，开凿出了一个铜墙壁垒般的民防工程。隧道打通了，但一时不能通车过人，要封闭起来。领导问叔父："你是回八队，还是有什么其他想法？"

叔父说了一句完全出乎意料的话："能同意我走一遍隧道吗？"

叔父常常看着大山。他是在看隧道，看那像大山一般厚重的隧道与自己生命的魂魄，那隧道里仿佛是一天的星星，闪亮着一条条河流、一块块田野、一缕缕炊烟……

孙老头与他的狗

　　我的街巷很多人家喜欢养鸡、鸭、鹅,养鹿、猫、狗、狐狸、狼,还有穿山甲、鸵鸟、画眉、鸽子、黄雀、麻雀、鹦鹉,甚至养毛驴。我相信,如果有条件,长颈鹿也会养的。他们养的玩意儿不同一般,鸡是人少见的品种,高大得能骑上一个五六岁的小孩子跑着走;养的鸽子不是十只二十只,而是百十只。黄小五就养了百十只鸽子,盖了一间鸽舍,里面鸽窝密密麻麻像蜂巢一样。鸽子吃食精细,没有小米吃时,要喂碾碎的大米,几天能吃上一袋大米,女人为这没少和他拌嘴。人家养的狗个头像毛驴,高壮威猛。世上的公狗仿佛都知道我的街巷母狗多,漂亮、温柔,又强悍,晚上不辞辛劳,从山南海北风尘满面赶来,追弄母狗,闹得街巷里鸡飞猫叫,一片喧腾。常常是十几只公狗摽一只母狗,争风吃醋,斗来斗去,厮打得叽里呱啦,难解难分,啃咬得脖子上血水淋漓。失落者是悲情地夹着尾巴,站在一边,眼睁睁地看着得意者忘形地张开前爪,摽上爱物的臀部。我们趁火打劫,手舞棍棒,扑上前,一顿穷追猛打。一对情侣哀叫一声,失魂落魄,四散奔逃。有顽皮的大孩子,趁公狗与母狗摽在一起,正唧唧哼哼、恩恩爱爱、难舍难分时,用一根扁担,从两狗身体结合之间穿过,两人在两边抬起扁担来,狗男女哀鸣着,从扁担上掉下来,灰溜溜地退隐到黑夜中去。现在想来,很惭愧,它们拥有自身的尊严和价值,人是没有权利破坏它们的存在，应该尊重和爱护它们的存在。人太以自己为主体了，支配着万物，为了满足自己的任何需求而破坏它们的尊严和价值来满足自身的需求，导致人与自然物类的危机。人的眼界应该更高一点儿，用超越自己物类的境界，站在大自然宏大的视野上，看待人与自然万物的关系，实现大自然间的万物并存。

人的情感的真诚有时确实不如大自然中的万物。狗对主人的崇尚和忠诚是胜于人的，令人蒙羞。我的街巷里有一个孤老头死了，埋在山上，他留下的一只狗，整天趴在他的坟墓前，不吃不喝。狗与狗的关怀、义勇，开拓了认识大自然感情关怀价值的新取向。狗与狗心灵感应着，那狗招引来周围几十只狗，用爪子刨开坟前的土。在露出的棺木前，几十只狗井然有序排列成队，轮番冲向棺木，用后背撞击棺木头。一只狗被撞得晕过去，倒在地上，后面的狗接着撞上来。晕过去的狗醒来后，又会爬起来接着冲上去，直到撞开棺木，那狗钻进去，睡到主人身边才算终止。

我的街巷孙老头也有一只狗。

孙老头七十五岁的人了，头发、眉毛花白了，矮墩墩的个子，像尊铁砧子，走起路来两脚砸在地上"咚咚"响。他两眼昏蒙蒙的，看人眯成一条缝，打着眼罩。一说话，嘴巴里露出仅剩下的一颗黑乎乎的大门牙，尽管这样，每天三顿，少不了山芋煎饼裹大葱，咀嚼得有滋有味。鬼知道，他那颗大门牙是怎么嚼的。去年春，他哮喘病发得那样厉害，死了三次又挺了过来。最近一次，理发匠给理了发，洗过身，套上寿衣，又挺了过来了。这还不打紧，四天后，颤抖着身子，从山涧里挑回来两个小木桶水。孙老头住在一间茅屋里，风吹雨打，烟熏火燎，那茅屋看起来像有一场风能吹塌似的。木板门低低的，黑乎乎的，一米五个子的人进去都得低着头。外面红花大太阳，里面黑黝黝什么也看不清，只用几棵小松树支撑着的床前面，小乌盆般的圆洞里，从外面透进来一缕亮光。晚上，墨水瓶改做成的煤油灯，跳着豆粒般大的火苗，照着屋顶上垂挂下来的一绺一绺灰坠子。妈妈和街道居委会商议，要给他盖间新房，他胡楂子一扯裂，鼻子一抽，把妈妈她们呲走好远。

他孤身一人，身边有条大狼狗，叫"大黄"，大黄有米把多长，纯黄的毛像梳子梳过一样齐刷刷、光溜溜的，高高的腿，跑起来一阵风。红红的舌头，从长长的嘴里挂出来，半尺长。它可听孙老头的话呢。他想喝酒，只将一只瓷罐子挂在它的脖子上，钱朝它嘴里一塞，不等他有挪下屁股的时间，它就把灌上了酒的罐子叼回来，恭恭敬敬地放在他的膝头上。逢年过节，他听说书，大黄静静地伏在他的身边不时地晃晃尖耳朵。太阳当顶了，大黄晓得该到吃饭时候了，身子爬起伏倒，嘴里哼唧哼唧的，两眼直盯主人，催着回家。孙老头无奈地爬起身，拍拍屁股上的塘灰，摸摸大黄的脑袋，两手朝屁股上一背，一撅一撅地朝家走，嘴里咕哝："追命鬼，我晓得是吃饭时候。你肚子瘪了，我肚子也不饱呢！"路上人不敢和孙老头闹，有的人闹笑话，巴掌刚摸摸孙老头的光脑袋，大黄呼哧呼哧就扑了过去。

孙老头疼爱大黄，给它置了一张床，铺着厚厚的棉花。大黄也体贴主人。寒天里，孙老头在被窝里冻得缩成一团，大黄跳上床，钻进被窝，给他焐脚。

大黄给了孙老头生活无限的乐趣。他蹲在门口太阳地里，笑眯眯地给大黄挠痒痒，碰到最忧愁的事也给忘脑后了！

孙老头的心被妈妈他们刺伤了。

过去，他是个多么好的老头，我和伙伴们都亲热地喊他孙老爹。夏天，我们团住他讲故事。他肚里的故事真多，三国、水浒、包公、樊梨花、杨家将……他在门前小柳树下摆上凳子，沏上茶，手里拿着个小皮鼓，一只腿架在另只腿上，敲敲打打，讲得有声有色。有时讲到深更，我两眼不听话直打愣怔，也不愿离开他，睡在他的腿上；冬天，我最喜欢钻他的被窝，下面垫着狗皮暖烘烘的。有时，我睡着了，在狗皮上溺了尿，他一点儿不生气，拿起来抖抖，晾干，又铺上。最有趣的是过年，三十晚上，我和小伙伴点着小鞭，塞进他的板门里，缩着脖子躲进巷口。"啪——"一声脆响后，孙老头拉开门，他咳咳嗽嗽呵斥几句话，不见动静，嘴里叽里咕噜地又说些什么，关上门。我们以为他这下肯定气得睡不着觉，哪晓，屋里却响起他呵呵的乐声。初一早上，我叫开他的门，喊："孙老爹新年好！"膝头跪在小板凳上，给他叩三个头。孙老头乐了，满脸满心的兴奋和喜悦，抱过我，亲热亲热，在我衣袋里塞上五毛钱，有时塞上一块钱。平日，我和小伙伴讨妈妈们气了，也都是躲进孙老头的床底下，他护着我们。妈妈和婶婶们也喜欢孙老头，吃什么稀罕东西都要送他一份。我们左前右后几家凑了钱，给孙老头屋里装了电灯，墙上刷了洁白的石灰水。

孙老头会做麦芽糖，这是他货摊子上的热门货。他做的麦芽糖，又香又甜，还黏牙齿呢！我和小伙伴只要有一分钱都买他的麦芽糖吃，孙老头总是多给我们一块两块的。妈妈和婶婶们出门串亲戚要买上麦芽糖，孙老头两手推阻着不要钱，妈妈她们笑着说："你小本生意，哪能不要钱。"说着，丢下钱急匆匆走开。

史无前例的"文革"中，我和小伙伴们学会了抽烟。百货店没纸烟，即使有时摆上纸烟，我们也掏不出几分钱。我们发明创造了一种烟，把黄瓜叶子晒干，揉碎，用纸裹成烟卷，轻轻地抽，鼻眼里照样冒出两股白烟。孙老头发现了，疼爱得两手发抖，骂道："小东西，想把肺呛炸呀！"他不惜破费，在货摊子上摆上了"经济"烟，把白皮壳一包的烟倒出来卖，一分钱两根。每晚，孙老头的茅屋成了我和小伙伴吞云吐雾的俱乐部。

天知道，妈妈阻止我和小伙伴上孙老头屋里了。

孙老头大坏蛋！他货摊子贴上了"私字滚蛋！"的白条条。妈妈在居委会揭发出孙老头的罪行：讲黄色故事，用香烟毒害腐蚀青少年，做的麦芽糖，用大脚趾扯拽出来的，摧残青少年身心健康。

孙老头一下孤独、清冷起来，茅屋里传出他剧烈的咳嗽声。他头发花白，眉毛花白，腰也佝偻下来了。

妈妈领着婶婶们扯了孙老头的电灯。

每天傍晚，孙老头和"四类分子"站成串，戴着报纸糊的高帽子，穿着白纸糊的大褂裳，脖子上挂着木板牌子，敲着铜锣，哒哒哒，跑着，穿街走巷，喊着："我有罪，罪该万死！"

早上，孙老头战战兢兢地站在我家门前，向妈妈汇报昨天的改造情况。

我和小伙伴们威风了！孙老头脸上有一撮黑毛，长得挺长挺长的，我们喝住他，说这是资本主义的黑毛。我们每人拽住一根扯着、跑着，最后一用劲扯下了黑毛。

孙老头屁股上被我们贴满了纸片，画满了王八。下雪天，他起得很早，我们街巷的大路小路都由他清扫。天天上午，他掮着一副木桶，跨过一条小沟，到东岭头清扫厕所。我和小伙伴在填满雪的小沟里，给他掏陷阱，他掮着两桶粪回来，脚一踏上，"扑通"陷了下去，头脸泼满尿屎。孙老头没有生气，仍像过去一样乐呵呵地望望我们。背地里，他掏出两块糖蛋，逗我们，"喊爹，给糖吃。"

孙老头做完该做的事，背着竹筐，捡破烂过日子。我们逗他，戏弄他，朝他筐里扔石子，摆瓶子，塞半死半活的小猫小狗。

一只小狗被他喂养活了。当时，那是只什么样的癞皮狗，精瘦精瘦的，四腿撑不起，嘴角朝外拉拉淌涎水，浑身斑斑驳驳，没有一块好毛的地方。他抱着它哭了，揣进怀里。

小狗大了，是条大狼狗。它也知道妈妈和我及其婶婶们残害、侮辱过它的主人，遇见我们，两眼冷冷地瞪视着。我真害怕。

孙老头变了，再也不卖糖蛋给我们甜嘴了，有点钱买些东西给大黄吃了。我习惯地喊他孙老头了。这当儿，社会比较安定，人与人之间的关系不是那么紧张，妈妈澄清了是非，在对孙老头的事上深感愧疚，她想和他搭话，像过去那样亲热，让他过一个舒服的晚年。

他冷透了心，看清了人，人好出卖感情，还不如他的大黄，他待它好，它也待他好。妈妈带着我给他装电灯，他气得太阳穴蹦蹦跳跳，举起竹竿，挑断电线。天上下大雨，他屋里漏雨，我爬上屋顶堵洞，他举着竹竿，指点着我的脑袋，骂道："妈的，滚下来！"他站在雨天地里，雨水从头上朝下拉拉淌着。

"老爹，漏洞大了！"我喊道。

"滚下来！"他一跺脚，竹竿差点戳到我的鼻子。

我屁股堵在漏洞上。妈妈跑出屋，拽住孙老头。"孙老爹，让他……"

孙老头胳膊一甩，钻进屋，竹竿对准我屁股戳上来。

"哎哟——"我屁股一阵火燎，急忙跳下屋顶。

他过着苦行僧生活，我常常这样说道。

他病倒了！囱子十天没冒烟。第十一天，他很精神地拉开门，蹲在墙根晒太阳。奇怪，十天里他吃的什么？

这天清早，七八个青年人拿着碗口粗的棍棒，气喘吁吁拥到孙老头门上，吵吵嚷嚷，说大黄伙同三只狗蹿进渔业公司冷冻仓库，偷走五六十斤猪大肠子。它们被他们围逼得从四层楼跳下来，当场死了三只，只有大黄跑了。

"嘎吱"板门开了，孙老头探出脑袋，朝人群望望，大声地咳嗽咳嗽，嘴一咧，"噗哒"吐一口浓痰。他战兢兢的身子堵住门，抬手把披在肩膀上的裪裳朝上扯扯，大口大口喘几下气，手在半空中一抢，巴掌狠劲地拍拍胸膛，吼道："谁敢打狗！要打先打我，打死我赖你一口棺材。"

我妈妈劝他们："同志，歇歇火吧，他是五保户。上年纪的人，说睡倒就睡倒，不小心碰他一下，赖到你家，有理说不清……"

大黄救下了。

十年过去了，镇上几乎看不见一条狗，都被街道组织的"打狗队"打光了。

大黄活着！

大黄这一次跑不脱了，咬伤了三个小孩子。镇长直接找孙老头谈了话，说市里的报纸上批评镇上，全市城镇仅剩下大黄这条狗。

孙老头掼倒两天半，滴水未进。

大黄也掼倒了，圈在主人的床底下，不吃不喝。它晓得自己要死了。孙老头喉结滚动，眼里浸满泪水。我想起他刚刚跪在地上，连连给镇长叩头，恳求饶过大黄这一次。镇长连忙扶起他，笑了笑，说："大爷，这狗留不留，你我都不能说这话，上边人发的话呢！上了年代的狗万一疯了，咬人不好治，你我都负不起责任。"

孙老头木木地立了一会儿，说："镇长，大黄死了，他们扒肉吃吧？"

镇长"扑哧"一笑，说："他们不要，是你的狗嘛。"

孙老头点了点头，揉了揉眼睛，搔了搔光脑袋，望望镇长，说："镇长，能卖块木板给我吗？"

镇长诧异着，迷惑了："缺柴火？"

他说："给大黄做个棺材……"

孙老头揭开席子，从下面拿出着几张毛票子，从外面买回两斤猪头肉，他要让大黄死前吃一顿饱餐。他唤床下的大黄出来，它第一次不听话，身子蜷缩着，一动不动。他两手伸进床下，拽它出来，它在里面凄凉地直哼哼。

他愣了，瘫坐在床上，喃喃地，言不由衷地嗫嚅道："黄儿，我怎么能忍心卖你呢，不是没办法吗……"

大黄在床底下又凄凉地哼几声，爬出来了，用凄凉不定的眼神看看主人,前爪跪下,面向主人,眼角挂着还没有干的泪痕,长长的舌头舔着主人的脚和腿……

孙老头把香喷喷的猪头肉一块一块塞进它的嘴里,手不住地摸它的脑袋。

它大口地吞嚼着猪头肉,吃完了,嘴巴在主人的裤角上磨蹭着磨蹭着。孙老头捧过它的嘴巴,用一根细细的麻绳绑扎起来。它寂静地瞧着主人,看主人把一根绳索套上自己的脖子,让杀狗人黄小五牵着。街巷里的狗大都由黄小五宰杀。

要出院门时,大黄前爪紧紧抵住门槛,屁股朝后用劲挪着,脑袋挣扎摇晃着,想摆脱掉脖子上的绳套。

孙老头鼻梁发酸,哽咽了,对黄小五说,不能让狗死得受罪。黄小五说,我杀狗尽管放心,不会受罪的。你说让它怎么个死法?你说。孙老头对他不信任,黄小五杀狗闹过笑话的,把狗皮从头上剥到小腹,狗竟直立起来,两眼圆睁,在一块荒地上逗弄着手握屠刀、沾满血水的黄小五漫野地跑,让黄小五信誉扫地,丢尽脸面。孙老头思索说,你用点心。灌水吧。小镇杀狗多种多样,有从嘴里灌水,有勒脖子,有用棍棒打的等等。

大黄被拖出院门,挂在一棵小柳树上,嘴里哼唧哼唧的,洁白的牙齿龇出嘴唇,齿缝间泛着白沫儿,尾巴下朝地上滴答着尿屎。孙老头心疼得像被一根长锥刺穿,抖动着身子,走到黄小五面前,两个巴掌举得高高的,合劲地摇着,喊道:"放下,放下大黄!"

黄小五和围观的人困惑地瞧着孙老头。

镇长十分生气,但只能叹口气。

大黄被孙老头抱回屋了。

深夜,孙老头屋里掌着灯。我想,大黄兴许死了吧?下午被打得淌尿淌屎呢!我透过他板门上的缝隙瞧着听着茅屋里的动静。

孙老头坐在灯下,笑眯眯的,两手抚摸着大黄的脑袋,用亲切慈爱的目光打量着它。大黄默不作声地躺在主人的脚下……

孙老头绝对没有想到他心爱的大黄会对他伺机报复。这天，他挑着货担子从街上回来，远远看见大黄站在院门口等他，他正等待它像以往一样跑过来，亲热地在他面前摇晃尾巴，用嘴舔他手、脚、膀子，前爪抬起来朝他身上爬，嘴巴够他的嘴，要亲热，要说悄悄话……他没有想到，大黄迎面跑过来，猛地跃起，大吼一声，张开嘴，疯狂地扑向他。他瞬间明白是怎么回事了，头一闪，避过大黄，不知哪来的勇气和力量，从货担子上抽出扁担，对着它劈头盖脸地打过去…

妈妈他们赶来了。妈妈扶起孙老头，见他脸上惨白惨白的，额头渗出不少血珠珠。妈妈用自己的手帕包扎好他的额头。他没有拒绝妈妈，用一种十几年来未有的亲热的目光望望妈妈，望望这些他一直以为还不如大黄有感情、现在救了他性命的人，他嘴唇发抖，浑身打战，泪珠沿着深粗的紫酱色的脸庞流下……

黑色的小河

母性的爱就是大海对万物的爱，用温热柔情的舌尖爱恋人类和自然万物。母性有欲望，但在儿女面前，一切爱欲、情欲、思欲，都会封存、冻结，直至死去。我心里有一条"黑色小河"，是一条母性的河，一群母性的河，那是我割舍不了、萦绕心头的、我住过的窄窄的街巷。

我的黑色小河是用石板铺的路，窄窄的，两边挤着高高矮矮的房屋。这些房屋有石头墙、木板壁的，顶子上有半瓦半草和旧油毛毡的，还有的全是茅草盖的，上面压着一根碗口粗的草绳子，两头坠到地下，扣着大石块，防止春夏秋从海上刮来的台风掀走茅草。

黑色的小河是古朴的，大人小孩头痛伤风，都在祖坟上烧些纸钱，磕几个头，凑巧病好了，就说祖宗显灵，赔一番不是，望万万保全子孙后代平安；如病不好也不上医院，切几片生姜，摘几撮葱须，放在瓷罐里焖焖，喝下肚，蒙着被子大睡，出一身大汗就能好了。有趣的是人家逢喜事。那年，王潮过十岁生日，早上，一串鞭炮炸过后，周围婶婶们穿着一身新，头发梳得滑溜溜的，挎着小竹篮来到王潮家。竹篮上盖着一张大红纸，下面放着自己磨面新蒸的米糕，正中用筷子头蘸着红胭脂，点着一个、两个或三个点子，有的蒸着白面寿桃，弯弯的嘴上点着红胭脂，有的割块猪肉，有的纳双新布鞋，有的居然买来了银白色的项圈和长命锁……王潮吃完一碗米糕，婶婶们硬给王潮后脑勺上扎根细细的小辫子。周围的孩子像看稀奇似的，围绕着王潮，起劲地鼓掌，笑啊跳啊，最后个个偷偷拽一下王潮的小辫子。王潮两手搔着后脑勺，对婶婶们嚷着不要小辫子。婶婶们抱住王潮，拉下脸，认真地说："你瞧瞧周围，哪家小孩过十岁没扎小辫子。"王潮老实起来了，我的黑色小河里，小孩过十岁，就是八岁九岁，后脑勺上都扎个小辫子。

　　街上的人看不起我们黑色小河里的人。新学期开始时，班主任分配王潮和一个女同学坐在一起，她出其不意地抽掉板凳，王潮跌了个仰八叉。王潮愤愤地责问她："干吗欺侮人？"她火气挺旺地说："黑色小河里的人身上有虱子。""哗——"同学们哄笑起来。下课了，同学们出了教室，王潮趴在课桌上哭。一会儿，王潮抬眼看看自己穿着的蓝布褂裳，虽打有几块补丁，但被妈妈洗得干干净净。王潮又抬手摸摸脖子，怕有灰圈子，可这早被妈妈用毛巾擦洗过了……他们为什么瞧不起我，骂我的巷子是黑巷子？王潮肚子里有数，因为他妈妈和几位婶婶是寡妇……

　　街上的孩子不愿意和王潮在一起，他们的妈妈也不愿意和王潮的妈妈、婶婶们在一起。在码头上干活，街上的妇女往货车上装化肥，两个或三个人抬着一包八十斤的化肥往车上扔，王潮妈妈她们一个人轻巧巧地就能拎起来扔上车。黑色小河里的女人身上有个特别的印记，肩头上有个硬硬的厚茧，那是被扁担长年磨出来的。她们早上从码头上回到家里，喝碗稀粥，扛着扁担绳就上山，太阳当顶时担一担草就下了山。那草担实沉沉的，街上的小伙子就是咬着牙、憋着大劲也担不起来。码头食堂里有个绰号叫"大力士"的汉子，曾不信这个邪，他和妇女们打赌，要挑起草担走上两步，让她们从他腿裆里爬过去，他若要挑不起草担或挑起来走不上两步，就从她们腿裆里爬一遭。他挑草担了，脸憋红了，可草担刚离地皮，一口气没缓上来，腿一软，一下子跌坐在地上。随后，他羞红着脸，从她们腿裆里爬过去。

　　黑色小河里的妇女不讲究穿戴，她们走在街上的人群里一眼就能被分辨出来，头发梳理得没有街上人那么滑溜，毛毛乱乱的，走路不是文文雅雅，而是风风火火，开口说话，大呼小叫，还总透露出鲜汁汁的话味儿，他们身上闻不见香喷喷的雪花膏味，只有一股赶海时留下的海腥味。然而，街上没有女人的男人最喜欢上我们的黑色小河里溜达，两眼含笑，东张西望，虽不怎么讲话，心里算盘珠却拨得"当啷当啷"响：黑色小河里的女人，人俊心善，若能跟上一个下半辈子不会有罪受；黑色小河是浪漫而又柔情的。一两个街上男人悠荡在黑色小河里时，活像簇起的一朵浪花，那样显眼，每当这时，家家板门会拉开一条隙缝，探出一个脑袋，盯望着街上男人，估猜着他要干什么，会踏进谁家的门槛。一回生，两回熟。他和我们黑色小河里的一个一个妇女熟了，搭上腔了，就和她们说说笑笑，他抬手抓她们一下肩膀或胸脯，她们反击得让他几乎没有招架之功，七手八脚地扯他头发拽他耳朵，还踢他小肚下。他斗不过她们，笑着却狼狈地朝黑色小河外边紧一步慢一步地跑，边跑还边掉头望望。她们不依不饶，撒着笑，追上他，一起下手，扳头、拉手、绊腿，放倒他，骑在身上，扯开裤子，抓把沙子塞进去。他两手乱扑腾，嘴里"叽里呱啦"乱嚷嚷……这一闹，黑色小河里会几天不见这个街上男人的身影。

　　黑色小河里的女人曾吃过男人的亏，她们警惕着呢！那年，柳大婶硬被一个男人搞大了肚子，他竟甩下她跑了。柳大婶肚子一天一天地隆鼓起来，街上的风言风语漫天飞，简直压得她抬不起头来，她最后上山跳崖死了。

　　柳大婶的事情，给黑色小河里的寡妇们脸上抹了黑。现在，她们有时和男人在一起闹扯很有限度呢，只要和男人们在一起甩扑克、推麻将，身边必定是要有几个女人的。尽管这样，有的女人见自己男人和寡妇在一起还是吃醋，常常会用手捏着男人的耳朵，嘴里不停地指桑骂槐，把他朝家里拖。寡妇们也不是好惹的，被骂得搂不住火时，会敲着撩着地反唇相讥："哼，八辈子没见过男人似的，稀罕……"寡妇们骂是骂了，也出了恶气，但日子一长，没有男人唠叨，心里总是觉得少了那个……路过男人们的门前，两眼会不自觉地朝里勾勾。门里女人瞅见了，这还了得，心火呼呼直冒，嘴里骂开了，"哪家的馋猫，死不要脸……"骂着骂着，顺手拿过瓢，舀满水，猛地朝门外泼过去。

黑色小河里有一朵最漂亮的浪花，那是王潮妈妈。人都说，王潮妈妈像个大姑娘，三十六七岁的人，整天忙碌得很少梳理头发，乱蓬蓬的，身上穿的是过去的旧衣服，可脸面就是不见老，那样好看。平日，她见别的女人和男人闹，总是羞羞答答地避开。好些婶婶上王潮家唠嗑，议论张家长，谈论李家短，议论哪个女人和男人咋样咋样了，评论哪儿有个男人死了女人家境如何如何……王潮妈妈听了只是笑笑，不多一句话。

王潮妈妈能劳动是小镇上数一数二的，早上和人家一块儿上山拾柴火，她不到晌午就能先挑着一担柴火回到家。那两捆柴火个子真大，她挑跑起来从不歇脚，两个肩头轮换掮担子。赶海更没有人敢和王潮妈妈摽膀子，她在家里瞧瞧风向，就能知道当天海里大潮小潮，天气会不会变化。街上的人赶海都看着王潮妈妈，她赶海了，她们也跟着赶海，她朝哪里走，她们也朝哪里走。我们镇上有座小煤码头，很多煤炭被雨水冲埋在附近的海滩里，王潮妈妈脚板就像探雷器似的，在海滩上一踏，就能晓得底下有没有煤炭。每次，王潮妈妈找到海滩下的煤炭，总让别人先挖，自己再去寻找，她还关照别人说，礁石边最有煤炭。记得王潮爸爸活着的时候跟妈妈去赶海，妈妈把寻找到的煤炭让给别人时，爸爸忍不住发火了，几天没和妈妈讲话。

王潮妈妈人缘好，人家需要她的时候多，而她很少张嘴要她们帮忙做些什么事情。这里上年纪的人喜欢找王潮妈妈帮忙给纳鞋底、绱鞋帮，街上的人这样做，三四十里外的人也托亲、找友，捎来布和麻绳请妈妈做鞋子。王潮妈妈一点儿不难为他们，都揽下来了，晚上坐在灯下做针线活计，王潮妈妈纳的鞋底针线细匀匀的，竖看成行，横看也成行；绱出的鞋子，老年人、青年人穿在脚上舒舒服服的。他们感激地给王潮买好多好吃的糖果。

　　王潮妈妈疼爱儿子，把对爸爸的那些感情全部倾注到王潮身上。为了王潮，几个有头面的人要和她攀亲，她都一口回绝了。王潮妈妈为儿子操尽了心血。王潮十二岁了，冬天早上起床，妈妈嘴里边哼着好听的曲子（她喜欢地方戏曲），边把王潮的棉袄、棉裤、棉鞋放在炉子上烘热，给王潮套上。家里一只老母鸡生的蛋，她没吃过一个，全让王潮吃下了肚子。妈妈几乎没有用手指头叩过王潮的脑袋。王潮伙着几个同学在海边拾了两衣袋石子，上山打麻雀，衣袋磨破了，他们哭了，说回家妈妈要打他们。王潮呢，回到家里没事，晚上，妈妈坐在灯下，嘴里低低哼着小曲，给王潮一针一线地缝衣袋。绝没想到，一次，王潮逃学上山打麻雀，妈妈打了王潮，揪着王潮的耳朵拽到门外。王潮赌气走了，在一家锅房里的乱草上躺了大半宿。妈妈找到王潮，抱住王潮，呜呜咽咽地哭了，哭得那么厉害，泪水滴答滴答落在王潮手上。她伤心地哄着王潮说："谁叫你跑到这儿睡的，万一有个什么好歹，我可怎么向你爸爸交代……你，你……呜呜……在学校不好好学习，咋对得起你爸爸……"王潮失声痛哭起来。打王潮记事起，妈妈只是在爸爸的追悼会上这样哭过，平日，碰上好多好多的难事，她也没有哭过，没有淌过泪水。

　　王潮可怜妈妈，她太劳苦了，王潮不能让她再这样为自己操劳，要好好上课，让妈妈放心。王潮学习好了妈妈就会高兴。一次，妈妈病得很厉害，在床上抬不起头，王潮放学回来，高兴地举着作业本子，摇晃着喊道："妈妈，我今天写字得了一百分。"

"哦，哦。"妈妈挣扎着抬起头，脸上堆着笑，接过王潮的作业本子，看着。半天，她高兴得竟滑下床，撑着病身子，给王潮煎了四个荷包蛋。

黑色小河里最矮、最破陋的房子是王潮家，屋顶上全是破旧的黑油毛毡，可很多男人都喜欢围着王潮家的房子转圈子，打王潮妈妈的主意。他们巴结、讨好王潮，在街上，很多王潮不认识的男人对王潮那么亲热。王潮进理发室，要理发的人坐成一条长龙，而四十几岁的理发师把王潮第一个拽上椅子，理得那么仔细，理完了，还不要一分钱。王潮上粮站买粮食，粮站那个大老王把粮食称好，扎好粮袋，还背到王潮家里。他看到王潮妈妈不在家里，又帮助收拾屋子。一次，王潮妈妈碰上了他，大老王极不自然呵呵地笑。妈妈脸上没有一点儿表情，淡淡地说："大老王，今后不用你背，人家看了会说闲话。"以后，深更半夜常有人叩打王潮家的板门。

最近，王潮发现，码头食堂里的那个"大力士"又对妈妈好了。每当妈妈上码头干活，王潮放学上码头食堂里跟妈妈一块儿吃饭，排队时，"大力士"不顾很多人用不满的目光盯望，在吵嚷声里，连连向他和妈妈招手，从后门卖饭给他们。有时，王潮想吃糖馒头，食堂里没有，"大力士"大巴掌摸摸腮帮子，哑巴哑巴嘴，莞尔一笑，说："有。"他变魔术一般，转眼间，拿出两个白面馒头，里面夹着满满的白砂糖。

妈妈察觉到"大力士"的意思了，买饭菜再也不到他的窗口去。"大力士"用怔怔的目光久久地盯望着妈妈。

这天，他不知道从哪儿冲到王潮妈妈面前，在很多人面前朝她手里塞了两张票，匆匆地说："黄梅戏《天仙配》，你喜欢的……"

王潮妈妈脸陡地像红纸一样通红，紧紧抿住嘴唇，手指搓揉着票。

王潮心急了，一个星期前街上就贴出《天仙配》海报，票很紧张呢？他猛地从妈妈手里夺过票，一看，中座，十二排二号、四号，嚄，"大力士"真有一手呢，买到这样好的票。

"妈妈，去看呗，你不是喜欢唱歌子嘛——"王潮央求着妈妈。

妈妈望王潮一下，理理额前的一绺黑发，冷静地说："潮潮，听话，票给妈妈，这电影不好看，下回有好看的妈妈带你去。"

"不嘛，不嘛。"王潮嘴唇噘多高，晃动着身子，嘟囔道，"人家都说好看嘛……"

妈妈急了，两手扳住王潮的肩头，使劲地推摇着，"给我，小泡子……"

王潮眼睛潮湿了，慢慢地放开手，妈妈接过了两张票。

旁边人看着说话了，"潮潮妈，看呗——在大家面前给'大力士'半个手指头遮遮脸，他买两张票贴了几包'大前门'呢！"

终于，妈妈带着王潮走进了电影院。电影放映大半截后，"大力士"进来了，坐在王潮妈妈身边。真鬼！王潮浑身不自在，后悔没听妈妈的话，不该来看这场电影。银幕上放映的是一男一女搞对象，怪不得他想起来买票请妈妈。王潮屁股愈发坐不住了。妈妈也坐烦了，不时地朝王潮这边挪屁股，最后和王潮调换了位置。"大力士"望望王潮妈妈，没吭声。他生怕王潮妈妈看不懂银幕上放映的是什么，嘴巴不停地讲解剧情。周围人不耐烦地嘀咕他几句，他不好意思，歇了一阵子，又讲解起来。忽然，妈妈拉住王潮的手，立起身，走出了电影院。

天知道，一连三天，王潮妈妈发烧不能起床。这天傍晚，王潮趴在当间大板凳上做作业，"大力士"挎着一个大黑塑料包踏进门来。"潮潮，你妈妈好些了吗？"他笑眯眯地问王潮。王潮望望他，没吭声。他笑一笑，用手摸摸王潮的脑袋，走到大桌前，从包里掏出罐头、点心、中药，放在桌子上，轻轻地咳嗽一声，向里间悄悄走去。

"不要进去！"王潮猛地站起身，冲到里间门口，两手扯住白布帘子，恨恨地盯着他，"我妈妈睡觉了！"

"噢。"他僵住了，尴尬地笑了笑。

"谁呀？"妈妈在里面突然说，"潮潮，让他进来。"

他撩开门帘，小心翼翼地走进去。

王潮恼火了，钻进隔壁房间，踢倒板凳。妈妈太……太那个了！我、我……嗨！王潮烦躁地连连跺几下脚，叉着腰，歪着脑袋，听着那边动静。

"……你快走吧！"妈妈虚弱的声音，"我们这儿的人你不是不晓得的，风言风语呛死人……"

"潮潮妈，"他央求的声音，"你说真话吧，是不是嫌我……"

"不不。"王潮妈妈平静地说，"我从来没那层意思。我这辈子把潮潮拉扯大，对得起他爸爸行了……"

……

"大力士"走了。

王潮心里又活络起来。

第二晚，"大力士"又来了，他和王潮妈妈纠缠一阵子走了。第三晚他又来了，一会儿给王潮妈妈煎荷包蛋，一会儿煎中药，王潮妈妈阻止他，他还干着。十点钟了，他还没有走。王潮要睡觉了，妈妈催促他走，"大力士"嘴里"嗯、嗯"答应着，两手却不停地忙碌着，没有走的意思。王潮妈妈哭了。"大力士"不安地连连说："我走，我走。"他撩开门帘，走出去。眨眼间，他又跑回来了，站在王潮妈妈床前，苦着脸说："糟了，外面下雨。"屋里一阵沉默。外面雨滴打在油毛毡上"乒乓"作响。王潮愣怔地望望妈妈，她皱着眉头，半天说："潮潮，他和你睡一起。"

躺在床上，"大力士"的一双大脚丫伸到王潮嘴边，呸，臭死了，王潮背过身去。

"潮潮，我讲故事给你听吧。"他说。

王潮一动没动，哼，谁听你的臭故事，厚脸皮，赖在我家干啥，欺负我没有爸爸。

"大力士"津津有味地讲着……

王潮两个手指头塞进耳朵里，慢慢、慢慢地睡着了。

不知什么时候，王潮醒了，掉过身，那两只大脚丫不见了。哪去了？王潮坐起身看看，床上没有……

外面，雨下得大了，打在油毛毡上哗哗响。

隔壁房间里传出低低的说话声音。王潮恍然明白。王潮大了、懂事了，他……嗨，妈妈难道……王潮蒙在被子里低低地哭了。

王潮妈妈怀孕了，犯了像死去的柳大婶一样的过失。"大力士"再也不来王潮家了。王潮恨妈妈——往后我怎么出门，怎么有脸坐在教室里？

王潮不再可怜妈妈。近月，她忍受着难忍的折磨，刚吃下肚里的饭，马上又从胃里翻倒出来，她声音微弱地喊王潮："潮潮，用炭渣把呕出来的东西盖上……"

王潮白她一眼，脖子一扭。

妈妈哭了，深夜，头蒙在被子里哭。

妈妈瘦削多了，脸膛明显地凹下去。晚上，她常把一根绳子缠绕在自己的小肚上，两手拽住两边绳头，使劲地拉勒着；白天，上人家借来两只大木桶担水，想堕胎。可她肚子越来越大。

"妈妈，"王潮忍不住地，"我上码头找他算账。"

妈妈摇摇乱蓬蓬的头，"没用，他不会承认，谁相信我……"

妈妈上街道找主任，她是妈妈唯一能依靠的"大山"。

在居委会里，妈妈找到矮个子的主任，憋了几憋，讷讷地说："主任，我，我不该……"说着哭了，两手捂住眼睛，泪水顺着手指缝溢流出来。

"什么事呀？"主任望着王潮妈妈，正色地说，"你说出来，我给你做主。"

王潮妈妈抬起头，两眼泪汪汪地望着主任，一脸愧色地说："主任，你千万不要对谁讲，讲出去我没法活了……我，我有了，五个月……"

主任脸沉下来了。

妈妈恳求道："你写个介绍信，我上医院……"

主任睁大了两眼，问："谁的？"

妈妈两手捂住脸，哭了。

主任突然尖刻地说："还有脸哭，这些乌七八糟的事净出在你们那里，我们这条街的名声被你糟蹋得臭臭的！"

王潮妈妈哑然了，突兀的两眼那么茫然……

主任最后冷冷地说："过两天再来，我现在有事情。"

王潮妈妈似听非听地点点头，临出门又叮嘱："主任，千万不要对旁人说……"

一连几天，妈妈到居委会没有找到主任，整条街、整个黑色小河里都在议论王潮妈妈的事情。她走到哪里，人都聚在远远的地方，望着她，指指点点的。我们黑色小河里的人，在路上撞见王潮妈妈，朝地上啐口唾沫，擦肩而过。

王潮妈妈时时被周围人监视着，她想吃酸果子，要偷偷地到很远的地方去买。王潮可怜起妈妈，不信这个邪！这天放学，王潮路过街上，给妈妈买了两串冰糖葫芦。走进黑色小河里，过去对王潮一脸阳光的婶婶，现在变得冷漠起来，怪声怪气地问王潮："潮潮，给谁买冰糖葫芦？"

王潮没有给她们好话，"给你妈妈买的。"

"呸！"他们吃亏了，气急败坏地骂道，"什么鸡下什么蛋。"

一股委屈难耐的情绪涌满王潮心头，他怨恨妈妈。这时，王潮才真正地体会到妈妈的生活艰难。

王潮妈妈每次从外面回到家,两眼总是红红的,坐在那里怔怔地发呆,偶尔,她两眼看看王潮,泪水哗哗地流下来。怎么回事?不久,王潮发现妈妈常常趁他不注意时上山去。一次,王潮尾随上妈妈,发现她站在一块高高的峭岩上,一会儿望望脚下的深谷,一会儿仰脸望望天上,叹口长气,跌坐在峭岩上,两手捂脸伤心地哭泣。刹那间,王潮想起死去的柳大婶……啊,妈妈想抛下我!

"妈妈——"王潮猛地扑上去,一把抱住妈妈,头深深地扎进她怀里,失声大哭,"妈妈,你想干什么……你回家,回家,我不让你上山……"

妈妈眼里冰凉冰凉的泪珠大颗大颗地滴落在王潮的脸上。

王潮怜爱妈妈了,她太孤单、凄楚了,他不能再离开她,让她痛苦。王潮愤愤不平地想,人们不该唾弃、歧视妈妈,她是个善良的好人,该唾弃的是他,强占了我妈妈,可为什么把罪孽都推给了我妈妈……

妈妈,世俗对你太不公平了!

王潮用手轻轻地抹去妈妈眼睛上的泪水,眼泪婆娑地说:"妈妈,谁再欺侮你告诉我,我长大了,他们再欺侮你,我打他们……"

妈妈摸摸王潮的脑袋,"潮潮,你小……"她紧紧地搂住王潮,脸紧紧贴在他脸上,嘴唇剧烈地颤抖着。

一连四天,王潮旷课在家看护妈妈。她再三哄劝王潮上课去,他都没吭声。

"潮潮,上课去,答应妈妈,妈妈不会上山的,你再旷课,妈妈会病倒的……"

王潮眨巴着眼睛,似信非信地望着妈妈。这几个月,妈妈憔悴多了,额上增添了四五条皱纹,乌黑的头发里夹杂着不少根晶亮的白发。王潮真怕妈妈病倒,他答应了妈妈。王潮真怕妈妈有什么意外,于是多了个心眼,每天上学快到学校门口时,再偷偷地折回身，躲进家里，暗暗地看护妈妈。

老师上王潮家了。王潮慌忙地跑进里间，趴躲在床底下。

"潮潮半个多月没上课了。"老师对王潮妈妈说。

"哦，"妈妈惊诧了，"他上课去哪。"

老师说："过去他在班里学习是优等生，现在这样下去会耽误的……"

老师走了，王潮爬出床底，见妈妈跌坐在凳子上。王潮走到妈妈面前，她望着儿子没有说出一句话。

妈妈的脸更阴郁了。王潮惴惴不安，生怕妈妈会忽然离开他不见了。晚上，王潮搬过来和妈妈在一张床上睡觉，让她睡在里面，他把腿搭在她的腿上，她只要有一点儿动静他都会知道。往常每天睡觉，王潮心里担忧着妈妈，在梦里也不安稳，会早早醒过来。今天，头朝枕上一丢，睡得跟石头一样死沉。妈妈连喊几声都不醒，最后用手推摇着，才懵懵懂懂睁开眼睛。

太阳光已照亮屋里，妈妈像换了一个人似的，梳了头发，脸上有了笑容，手里端着一碗荷包蛋，两眼闪着亮亮的精神，站在王潮床前。妈妈像回到了过去一样，年轻、快乐，没有忧愁，没有让儿子为她担心离去的阴影。怎么回事？王潮还有点不相信似的，搓了搓眼睛仔细看看，确是真的。王潮心里一下子亮堂起来，照进了阳光。

妈妈说："潮潮，为了你，妈妈什么都不在乎，你好好上课，不要再让妈妈担心了，妈妈怕老师再找来家里……"

看着妈妈激动的神情，王潮相信，妈妈对他说的是真心话，这是一个在痛苦中忏悔过的妈妈对儿子实实在在的承诺，这绝对不是哄他。

王潮重重地点点头，答应了妈妈。

黑色小河里又翻起那朵漂亮的浪花。

妈妈肚子一天一天地大起来，但她很平静，还像过去一样纳鞋底、绱鞋子、哼哼小曲子。妈妈不再和婶婶们来往了。开始,婶婶们用怪怪的眼睛看妈妈、议论妈妈,妈妈不睬不问,她们就扫了兴,嘴上失了味儿,嘴上少了很多叽叽喳喳的闲话。

乍看,黑色小河里又恢复成过去一样。而王潮,依然天天提着心,担忧着,生怕我们黑色小河里哪一天会陡然翻卷起冲击着妈妈的污浊浪花……

在漆黑的大山里

在漆黑的大山脚下，我心陡然一冷，发怵地立住。我嘘口气，定睛地打量一遍大山。大山像蝙蝠展开巨大的毛茸茸的翅膀，模模糊糊，无声无息，透着阴暗冷峻的气息，透着野鸡野狐的膻腥味儿。我站在它脚下，畏缩得像只獾子、兔子、山猫、山鼠。黑夜里的山神秘得捉摸不透，静得扣人心弦。峭岩、树林和沟壑里蒙着莫测的精灵。这大山有六十六座山头，东西有多长不说，从南山翻越到北山四十几里路，过十几座山头，大的五百多米高，小的三四百米高，涉七条大涧。我的亲戚家在山那边的村里，准确地说，我在亲戚家已玩了几天，一时性起，想着要回家。我对回家的路很熟悉，在家里常上山拾柴火，满大山里跑。我知道大山里的可怕，除了没有狼虎豹狮，别的动物都有。这么深的黑夜里一个人过山，回大山那边的镇上家里，简直是吃了豹子胆。还没听说过有人敢黑夜里独自走这山，就是山里人也不敢，何况我这么一个小孩。我望望什么也看不见的大山，感觉如深井般黑幽幽，不由得头皮麻酥酥的。

我人虽小，身上却有股大男人的英雄气。

下午，在果园里正帮亲戚干活，我和一个小孩抬着一只大尿桶，给果树施肥。我们爬上一座大土坡，累得大口大口喘气，尽管这样，我俩一鼓作气抬了七趟。亲戚朝我笑了笑，心里说，熊小子，今天吃什么好东西哪，哪来的劲头，人家才抬三趟呢！只有我自己知道，今晚家边的部队上要放电影，我的心早已被勾去。太阳还很高的时候，亲戚见我们小孩子干活太累了，就手一抡说，今天干到这吧，剩下几棵树明天接着干。我心里高兴极了，乐得眉梢翘了起来。我站在土坡上，嘴里衔着一叶小草，望望西边的太阳。太阳发红，但还高。我想，太阳完全落山还有一段时间。我想看电影，心里激情汹涌，巴不得立即插翅飞到家里。盯看着太阳，凭着经常翻山越岭的双腿，我喃喃地说，回家，看电影！我心想，跟太阳赛跑，完全可以在太阳未落山之前赶到家里。

我在村庄与大山之间的空旷土地上跟太阳赛跑。

太阳慢慢地下落，越来越红。我撒野地跑，像野草滩上的一只野兔，跑得飞快。路上下工或干活的人，诧异地望我，与我打招呼，我不停步，边跑边招手。偶见熟悉的人问，天黑了，上哪儿？我不好意思说翻山回家，怕人笑说是傻子，什么时候了还能过山回家。我只是应道，家里有事。

没想到，秋天的太阳落山这般快。我野兔般灵活的双腿，奔马般的速度，终究也没有赛过太阳。

空旷的暮色里，亮起一盏盏不算亮堂的灯火。那是庄户人家，很安静，没有人声，没有鸡啼，没有犬吠。

我望望黑漆漆的大山，又回望望村庄，有些心怯，想回亲戚家，但又怕舅舅无穷无尽不厌其烦地问话。电影的魅力四射，使我无法抵挡，心底蹿上来一股邪火，坚决回家……

在黑夜里过大山，不要说是孩子，就是大人也会紧张。我紧张，绷紧浑身骨骼，绷紧浑身皮子，绷紧精力高度集中的大脑，顶着一股英雄豪气，杀进大山。

杂树林里昏黑，但依稀能辨认出曲曲弯弯的羊肠小道，高高低低，坑坑洼洼，覆满大大小小的干枯树叶，踩上去软软的，像地毯。我穿行得像只羚羊，步履轻捷而迅速，脚尖轻轻点地弹出好远，有点像传说中的武侠，飞檐走壁听不到响声。两眸子可怕地爆凸出来，滚烫得像钢珠，心跳的频率极快，拧发条似的一阵紧似一阵，震得脑门咚咚响。我怕蛇，油光滑亮看不见爪的蛇，三寸长的蜥蜴会让我浑身泛起鸡皮疙瘩。我不愿去想那些厌腻人的东西，心里却钻着去想。我豁劲地跑，跑着走，蹦着走，怕那玩意儿咬上一口，于是给它大小不匀无规则的脚步。我想自己跑得肯定很快，一棵一棵树在眼前模模糊糊，连成一片墙似的唰唰闪过，落在身后。速度过快，迎面的凉风刮得两眼闪闪忽忽。感觉只有一阵儿工夫，是歇口气或撒一泡尿的工夫，轻而易举地登上了一座山头。我有几分豪迈，难怪是经常爬山的人，如果换个城市人看看，不用说翻越夜的大山，就是大白天爬一座山，一座小山坡，会像百货店里的皮娃子又娇又嫩。我在家时看过，有船上来的上海人从山上下来时，闹出的笑话笑断肠子，他们挂一根木棒，鞋子底上缠满葛藤，像在雪地上走路一样小心翼翼，这还不行，有的瘫坐在土坡上大一声小一声地乱喊，脱下鞋子，垫在屁股下慢慢地朝下滑。我呢，腿裆夹一根木棒，当作大马，没轻没重地冲下山，把白白的上海人吓得乱尖叫。此时，我一点儿也不觉得累，常爬山人的肺活量就是大，在白天我只需要十几口大气就能冲上山头。

在黑沉沉的树林里时间一长，眼睛适应了，看岩石不是黑色，是靛色，抹油一样闪亮，每一棵树显出清楚的线条，遍地的草透出灰色的光。我睫毛下的眸子抖抖的，担心哪个角落里突然蹦出一个什么。我心慌、腿软，头上蒸腾着浓腥的热汗，像罩着一顶闷闷的棉帽子。一只裤管被什么扯住，身子歪歪斜斜地差点摔倒。我急恼地甩腿，折腾三个来回，仍没有弄下裤管，仍拽得牢牢的……我心里打个寒噤，一个黑乎乎的魔影蹦蹦跳跳跃在眼前，想看清究竟是怎么回事，这时脑袋旋旋地转起圈来。我心一横，憋着一口气，不问青红皂白，三十六计走为上计，豁劲一拽，"嚓——"裤角一松动，下来了。

　　跑过去的地方,杂七杂八的小枝条像小钢鞭一样猛烈地抽打着我撅起的高耸的屁股,发出清亮的啪啪声响。我顾不得疼痛、哀叫、抚摸,只是一个劲地跑、跑,翻过这座罪恶的山头!树枝抽在屁股上,像什么东西追赶我,亮出热烘烘的舌头舔我的屁股,有时屁股热烘烘的,还真以为什么东西伸着舌头舔我的屁股,若是狼的话,屁股非被带刺的舌头舔光不可!我不敢回头看。走夜路不能回头看。人肩头两盏灯,妖怪怕火不敢近人边。人回一次头灯就熄一盏,熄光了,妖怪就不怕人,双爪搭在人双肩上,逗人讲话,人刚回头,一口咬住喉咙。我闷着脑壳跑。抬眼看路时,锯齿般起起伏伏的大山在款款涌动,如浓浓的妖云,沉沉的黑暗里,仿佛有两只绿幽幽的眼睛窥视着我这百十斤肉。我战栗地站住,端直地望着大山。山停止了飘移。噢,刚刚让我惊悚的原来是山,不是妖云,刚刚只是幻觉,是虚无的,是紧张时从哪块骨头缝里冒出来的邪念。在呼呼吹来的风里,我额头被抹一层清凉油一样清醒,终于定下了神色,恢复了心的常态。山巍巍的,铁一般腥,铁一般冷。小小年纪的我虽然没有想到,可大山确已实实在在地告诉了我,你尊重山,山尊重你,你蔑视山,山会搅得你魂不守舍。

　　记忆里这段是大斜坡,也是"一线天"。二百多米的大石坡,冷不丁被天上劈下的一剑,在半坡上破出一条窄窄的栈道。来往必经栈道。可现在栈道没有出现,怎么了,还没有到吗?我摁摁太阳穴,搓搓、揉揉眼睛,认真审视一下身边的山。乌黑的山,马尾松一棵连接着一棵像朵朵云絮盖着山。我想,这地方应该正是栈道呀,怎么就不见了!我先有些迷瞪,后又大醒,是迷路啦!我大悟,又有些心惊肉跳的。多少次走这条路,竟然也被迷住。听说过不少骇人的迷路故事,人就像喝迷魂汤一样,走不出迷路。我想,也许走不出这迷路了。我心冷,身冷。是呀,谁知什么怪物会随时随地光临此地呢。内脏里的每一项器官高度紧张地工作起来，群策群力对付诡谲的大山。关键时刻，神经中枢经住了考验，保持了镇定、清醒，清理出一条清晰明亮的线。按山里人的话去做，一步一步后退，退出二百多米，回到刚刚走过的山头上，重新打量前边的路。认准了一条白光光的路，它隐现在丛丛的杂树林里，乍看上去像是没有路似的。走上路，就冲破了假象，假象是夜的大山设计的，是要迷惑我、累垮我。我不是那些大笨蛋！恰如骤雨后的一池秋水，我心情异常的平静，这表现有点不像一个十几岁孩子所为，倒像一个成人所做的事情。我决然地解开裤子，掏出那个小玩意儿，以自己为点，绕着圈子，对准草地，激烈密集地打机枪般哗哗地撒了一泡尿，好长的一泡尿，绕身子四圈半。小腹轻松不少，肚上腿上拉拉淌的汗水滞止了，空空的腹里平添了几分豪气，摆出英雄打虎的架势，脱下裤子，挽起贴身的运动裤，上身着一件白色的汗衫。我又把杂七杂八的衣物反扣在背上，也不知哪来的力气两手活生生扳倒一棵碗口粗的树，手似乎比刀还快，砍下树上的枝枝杈杈，一根碗口粗的木棒，沉沉的，实实的，攥在手里像高举一枚原子弹，让我天不怕地不怕。这阵势哪怕获得世界举重冠军、柔道冠军、拳击冠军的人来与我较量，也不是我的对手，我会将他们通通擂倒在地。这一阵力气大如泰山。我征服了栈道。一根木棒壮了胆魄，一泡神圣的银子般灿烂的尿，平衡了倾斜的心理。

  小路下深深的涧里漾漾地浮着凉气。我想到了蒙面大盗，拦路抢劫钱财的强盗，心里不安地敲起小鼓，碰上狐狸什么能拼个鱼死网破，万一碰上孤注一掷只要钱财不要命的强盗怎么办？我朝周围望了望，担心他们会突然从树林里、草丛里、峭石间跳出来，不问你是谁，有没有钱财，劈头给上一棒，死了扔进山涧里谁能知道。一层阴云爬上刚刚明亮的心头。我年纪虽小，可很有些小智慧，狡猾地跳开小路，钻进旁边的树林里，傍贴着小路跑，脚尖简直是踏着草梢飞，没有半点声息。跑啊跑啊，我没有撞见半个人影，失声而自嘲地笑了，半夜三更又有谁敢走山路，没人走的山路强盗能在山里出没？

涧里哗哗地响，悬崖上冲下的水流湍急轰响。月亮升起来了，阴历十五过去不久，圆圆的月亮被割去大半，一瓣弯弯的月牙，却明亮。静的山，动的水，暗的石，白的瀑布，明一块暗一块，勾勒出一幅清悠淡雅的山水画。松林层层叠叠，像一床大棉被，月色漏不进去一滴，黑如泼墨。小路闪亮地游动起来，细溜溜的如一条小白龙，蜿蜒在悬崖边上。山涧里的水流射出明亮的辐线，把涧里映照得亮亮堂堂，看清大大小小的石头。峭石初看是默默的，老老实实，定睛认真一看摇头晃尾，露出凶凶的杀机，要随时扑下来。山涧那边岚气袅袅，回着杂七杂八的声响，透出无数生命。它们忽大啼忽低鸣，忽哭忽笑，忽欢忽悲，忽长一声怪叫，忽短一句细语，忽啼声如马疾，忽爪声如鼠窜，忽流动如游蛇，忽叹息如人愁。它们不知要干什么，弄得那边一阵沙沙如雨下，一阵咚咚如鼓擂。他知道或许是狐狸、野羊、獾子、野猫，或许是猫头鹰、蛇、穿山甲、野猪、野狗、野狼……人一样的一只狐狸，直起身体，站在峭崖边，搬起一块石头，掷下山，石头咚咚响地滚下山。狐狸蹲在峭崖上痛哭，小孩一样的哭，婴儿一样的哭，女人一样的哭，凄凄惨惨，悲悲切切……黑的大山一时半刻不容我从苦痛、迷惘、紧张、恐怖中解脱出来。生活是这样，自然是这样，人的本体是这样，黑的大山是这样。

要过大龙岗。

迤逦如龙的大龙岗，东西长十七里。翻过大龙岗，穿过一个大洼子，跳过几条涧，跑过一座黑森林，高山下就是家，是港口小镇。大龙岗一带留过他几百几千的脚印，小小的我，为钱常到这儿拾柴火。快到家了，我该有一种轻松感，有从黑暗走进光明的喜悦，可我心底阴暗霉湿。太熟悉大龙岗了，许多人讲过它的诡谲，我心上很早就遮上它的模糊云纱，一块峭岩，一根古老怪状的树，一座凹凸的山头，都有残破的掌故。我在上面拾过破瓦罐、锈迹斑驳的剑。千年百年前，上面走过几十万、几百万的兵，峭岩上立过他们巍巍的身躯，树桩上拴过他们高头大马，风里散发着他们浓烈的酒味。这里是宏大的血色古战场，挺过几千几万的英雄尸体。

看到大龙岗，我耳膜风吹一般起起伏伏地响，响起远古的旌旗猎猎招展的响声，响起呐喊如潮的人声。大龙岗天上那个月亮特亮堂。我骂，天与我作对，这么亮的月光，在大龙岗上走过太醒目。我走上去，像小偷，低着背，贴着地皮几乎爬一般。我怕，真怕在平坦的大龙岗上被什么猎住。此时此景，什么看电影，还有家人朋友们，通通都见鬼去了，心里谁也没有，只有自己，只有自己这条小命，现在自己小命难保，还能保谁。保住自己命吧，跑过大龙岗，才能有以后的看电影和家人朋友们。大龙岗从这边到那边百十米，我翻越它像经历了半年一年，煎熬了一个漫长的冬夜。大龙岗上铺满金黄的沙子，闪闪烁烁，烘出一圈一圈夺目的黄晕。我两眼昏眩，见大龙岗在飘动，是一条活灵活现的白龙。大惑难解呀，深深的大山里哪来纯净的沙子？大龙岗奥妙太多，想来色变的东西太多，然，即使想也不会想出个什么子丑寅卯，猜不出云里雾里的奥妙。我不愿想很远很远年代里那次刀枪剑戟的鏖战，可由不得我不去想，不去听草丛里的风声、沙滩上爬行物的声音，寻找累累的骷髅，我越是害怕越是想发现幽幽的磷火。大龙岗腾起蘑菇状的紫气。高高的黛色里走出一支浩浩荡荡的队伍，尘土蔽日，人喧马嘶，旌旗猎猎，剑矛林立。是很远很远年代那支军队，前边一字排开的是羽扇纶巾的诸葛亮、雄韬伟略的曹操、气贯长虹硕壮如牛的张飞⋯⋯

冲过黑压压的大队人马，冲破骤来的黑云！十步、九步，就要冲过大龙岗，我心一抖，裤裆里那玩意儿忽然热烘烘、黏黏糊糊起来。不知是什么时候，我那玩意儿惊惧得射出了一串子弹。我没有感到难受，手捡起石块，紧紧攥着，嘴里一字一句，铿锵有力，一遍又一遍地背诵伟大的教导：下定决心，不怕牺牲，排除万难，去争取胜利！万壑有声，万物皆听。果真奏效，我胸有朝阳，驱了邪气，心平神爽，眼睛明亮，精神振奋，扛着木棒，昂首挺胸，大踏步跨过大龙岗。

我什么也不惧了，从黑暗的大山苦难中走出来，还有什么可怕的，那些魑魅魍魉纯粹是自己胡思乱想跑出来的！我觉得刚刚的经历是一瞬间的事情，是一场噩梦，是一阵幻觉。我恢复了英雄打虎的豪气，在暗黑的山里如履平地。经过一方水塘，神奇的水塘，黑天里会有一条红闪闪的鲤鱼在水面上舞蹈，人若看，会迷住心窍，被拽下水溺死。我站在水塘边，水面平平静静，不见一朵飞溅的浪花，红鲤鱼哪去了？它怕我啦！哈哈，你不是会迷人心窍吗？来呀，我等你，跟你下水，到龙宫去。龟孙子，怕啦！我抬脚把一块半大不小的石块踢滚下水，响声惊搅了山里的静谧。我胜利了，如获马拉松长跑冠军，身子虽疲乏但肌肉里有种轻松感、快乐感。

快乐地冲上最后一座山头，迎面的风像一道屏障拦住我疾飞的脚步，慢了下来。这时，我真正感觉到身上的衣服被淋漓的汗水泡透，透出了凉气。

山下是小镇，是不大的港口。小镇被港口昏蒙蒙的灯火照得半明半暗。即便这样，我站在山上，眼睛也被港口的灯火刺花了，什么看不见，只觉得眼下是一片白茫茫、涌动的海潮。我不敢直视光明，光明如无数根钢针突破帘子般的睫毛，直刺眸子。我眼睛又面对黑暗，适应了一阵子，眸子被滋润灵活起来了，又看见了物象。我有经验了，深深地耷下头，盲人一般小心地、浅一步深一步地下山。我两腿像风中残破的裤子一样乱飘抖，只有心慌慌地坐在冰凉的石板上。我虚弱无奈地叹口气,感到能征服黑暗的大山,但没有办法征服光明,在光明面前束手无策,想走进去怎么也走不进去。心底一股难受的滋味急急地要从我喉咙里涌出,痉挛的两手赶紧卡住喉咙。在海上呼呼刮来的风里,我想:这样下去太危险,非栽跟头不可,还不如重新走进漆黑的大山……我这样想时,没有为自己刚刚的一番折磨和苦衷而鸣冤叫屈……

黑夜里的大山冷峻、静穆。

青青的山，清清的海

我的街巷上的人古朴。20世纪80年代了，眼看娶媳妇的二十几岁的小伙子，剃的头土得还像那个"马桶盖"似的；女孩子穿的是红红绿绿、大花小朵的，扎着大辫子神里神气的，她们在电影里看到女孩子卷卷曲曲的头发，还嘻嘻哈哈，戳戳点点的，说腻味人。我们街巷上的人常有自卑感。在镇上逛街串店，总是觉得比街上人要矮半截身子似的，常常踅着路边小心翼翼地走，不敢正眼看人。

我的街巷也有引以为豪和骄傲的地方，并且是街上人比不了的。我的街巷上的女孩子，啧啧，漂亮得出格呢！别看街上女孩子尽穿啥稀奇古怪的，脸蛋上天天抹几块钱一瓶的珍珠霜，头发烫得卷曲，朝我的街巷上女孩子前一站，哼，差远了！我的街巷上女孩子整天在热烘烘的太阳下，上山拾草，海边小拾，圆圆的脸蛋就是晒不黑，白白嫩嫩的，光滑得跟山涧里的鹅卵石一般；还有那细溜溜、长条条的柳叶眉和黑白分明简直会说话的水汪汪的大眼睛，谁看心里都像七月伏天里拂过的一阵凉风，舒服极了。

外乡人议论道：街巷上的女孩子能出落得像月季花一样漂亮，是吃了山上的水哩！

山上和坟井里的水养育了我的街巷上的人。

我的街巷下的渔业公司小码头，四通八达，停泊着附近四乡八县来的小木船。这些船大都装置上了柴油机，也还有一些小木船，家里经济不宽裕，没有装置上柴油机，他们的船大都是一杆桅或两杆桅的。这些船是来买石头和烧火草的。石头和烧火草是小镇的名产。那石头是青青的，平平滑滑，纹路好，十分坚硬；那烧火草是马尾松树落下的针叶，又粗又长，黄黄的，油多，一点上火呼呼直蹿火苗。

我的街巷上有的男子汉天天上山抡铁锤，叮叮当当开采石头，两人或四人一伙喊着"吭唷——吭唷——"的号子，朝码头上抬石头。他们吃着山上的水，腰粗胳膊圆，浑身是劲，一年四季不知头疼脑热是个什么滋味。女孩子背着竹子编织的耙子，整天上山搂松毛叶子，捆成三四个大个子，背到海边卖。别看她们长得细挑挑，嫩皮嫩肉，好像一股风能吹倒栽个筋斗似的，其实浑身有使不完的劲，背上百十斤的草，下山两腿一点儿不抖动。

女孩子们喜欢小木船上的小伙子，他们脸皮虽然被太阳晒得乌黑，被风吹得发皴，可在她们眼里，是一个个棒棒的男子汉！上了他们的船，女孩子总是偷偷地多瞟上他们两眼。她们羡慕他们漂游的生活，坐在船上，去上海、南京，还有好多地方，那里有好玩的公园、高楼大厦、大汽车、小汽车，姑娘穿着各式各样好看的衣服，还能看到黄头发、凹眼睛的外国人呢！她们抱怨小镇，抱怨大大和妈妈，谁叫小镇这么小，谁叫大大、妈妈把自己生在这偏远的小镇上。这辈子算了，在这鸡蛋壳般大的小镇上转悠吧……

小木船上的人都说我的街巷上的女孩子喜爱笑，笑起来简直没个完了。然而，也有个不爱笑的女孩子，碰上最高兴的事情，脸上也只不过堆点笑意。她叫桂香，长得倒不美，像个小伙子似的，大个头，大嗓门，大手大脚，街上店里买不到她穿的鞋，她的鞋是自个儿一针一线绱出来的。镇上有人喊她叫"大脚板""假小子"。有的女孩子逗趣她：

"大脚板，你不要跟我们在一起，你是男子汉，上山采石头去呗……"

"哈……"女孩子们乐得又蹦又跳。

桂香一点儿不生气。

她手很巧，女孩子们都喜欢接近她。桂香纳的鞋垫子针线密密的、细细的，绣的小花小鸟活灵活现的。别的女孩子一件花裀裳穿上一年半载，哪个地方破了花就不穿了，桂香一件裀裳能穿上四五年，她能在裀裳破花的地方，用花布和花线绣饰得整整齐齐，比原先还漂亮大方。

她心地好，每次上山搂草，总是抢在别人前头干完活，而且一点儿力气也不费似的。有时太阳当顶了，女孩子们慌慌忙忙收拾草准备下山，桂香会突然发现自己搂的草不够捆扎成草个子，她心里有数，搂的草是足够扎成四个草个子，现在肯定是被别人抱走了。她不喊不叫的，别人背走了她的草，她再重新耙搂着草。

背草下山大都是中午时分，女孩子们有个习惯，总要在山涧里歇个脚，喝着泉水，吃着从家里带来的面饼和馒头，家里经济宽裕的，带些油条或者鸡蛋。桂香常带上面饼，有的女孩子早上忘带了干粮，或者提前吃了干粮，桂香就把面饼塞给他们吃，自己钻进山涧深处喝些泉水。喝了水，吃了干粮，翻山越岭腿脚上就有些劲了。有的姑娘背上的草太沉了，桂香卸下自个儿背上的草，帮她背上老远一截路。爬坡时，她们累得上气不接下气，桂香一点儿不在乎，爬上坡子大不了呼口大气；走平路，她们后腿跟不上前腿，两眼打个愣的时候，桂香已把她们甩下老远。

我的街巷下的小码头太小了，几只装石头的木船就把它挤满了，买草的一只只小木船，稀稀疏疏泊在海边，有三四里路长，像条长龙似的。女孩子们从山上下来，都抢着朝靠近自己的船上去，想最先卖掉草，趁太阳高高的时候再上一趟山，多挣一双花袜子钱。每回下山，女孩子们都看着桂香，就连桂香的好朋友云花也是这样，心想，桂香最有可能第一个上船，她背着一百三四十斤的草，一路歇不了几脚。谁知，每次桂香都拽着云花，背着草，朝最远最远的一只船走去，最后卖掉草。日子长了，云花咕嘟嘴了。她跟着桂香这样卖草，一天只能上一趟山，少挣多少钱？她嗔怪桂香道：

"你是烂泥脑瓜子啊？近船不上，偏上远船，看钱不挣！"

桂香笑呵呵地说："反正要有人吃这亏的。咱俩吃了亏闷在肚子里拉倒，让她们吃了，嘴里嘀嘀咕咕的，不好听。"

"哎呀，就你心眼儿好……"云花讥讽了一句。

桂香递给她一个莞尔的笑。

小木船上的人喜欢听卖草女孩子的笑声，就像喜欢坟井里的水一般。每次，他们的船要进小码头时，就尽量用尽船舱里的生活用水，靠上码头好换上新水。我的街巷上的水纯美哟，但女孩子更纯美，不过最纯美莫过于桂香……

桂香实心眼，看不惯别的女孩子卖草为一分钱吵得天错地暗的，闹得船家皱眉摇头直叹息。她没有为赚钱骗耍过船家。有的女孩子卖草可有高招儿了，秤杆抬得高高的，往下低时，手简直像玩魔术一样快，灵巧地朝秤梢一退，谁也没有介意多赚三四毛钱。丑死了！桂香心里不满地想：骗人家的钱拿回家，藏在箱底子心里也不踏实。

桂香巴望船上的人都能夸奖小镇上的人心眼好，喜爱小镇就像喜爱山上的水一样。她不愿听到船上人说一句小镇上人的难听话。有的女孩子卖草和船家讨价还价，把船家急得太阳穴上的青筋突突跳。这时桂香会背着草走上去，用最低的价钱卖给船家，让他高兴。桂香想，她这样做，他们会用小木船把小镇的好名声载向四面八方去的。

桂香心眼实得有点过火了。云花对桂香很有看法。一次，云花在半路上，往草里塞进不少碎石头，背上船，想压斤重，卖个大价钱。这没有躲过桂香的眼睛,她看出来了:平时,云花背的草最重不过一百斤冒点头,现在怎么一下子变成一百四十斤呢?她伸手插进云花的草个子里,掏出了碎石头。船家气得脸上变了色,像阴天里的海水,冷森森的。云花羞辱得抬不起头,脖子一扭,呜呜哭着跑回家。

她怎么也没有想到,桂香会这么样待她,还是朋友呢。呸,鬼朋友,臭朋友!我没有这个朋友!她在家里跺着脚,愤愤地骂道。云花从来没有受过这样的辱,她在女孩子们中是最漂亮的,她们都喜欢接近她,跟她在一起,好像自己也跟着漂亮起来似的,招来好多小伙子亲热的目光。云花在姑娘们当中是说一不二的,现在桂香的这样待她,云花死活咽不下这口气。

桂香来到云花家,送来她丢在船上的背草绳和卖草钱。云花没有搭理她。桂香走了。云花看见了桌上的钱,哦,四块钱。她心一闷,自己的草就是卖了大价钱也不会这么多,桂香肯定是把自个卖草钱贴了她。但她还是没有原谅桂香,一直未搭理她,路上碰见了,头一低过去了。

海水也有浑浊的时候。最近个把月里,桂香变了,变得自私了!过去,她背草专朝最偏远、最没人去的小木船上去,现在抢着上靠近人群的小木船,一天两趟上山拾草。云花还有独特的发现,桂香不是随便上哪只船的,她独揽了一只带桅的船。每次,那船一靠岸,有的女孩子想上去,桂香不相让地抢了先。我们街巷上的女孩子对女的和男的那种事情最敏感。女孩子们发现桂香常上的小木船上有个漂亮的小伙子。哈,她们知道桂香为什么常上这只小木船了,癞蛤蟆想吃天鹅肉呀!她们嫉妒得很:想得倒美,两脚跑得勤人家就能答应你哪!瞧你那模样,和人家站在一块儿哪儿配得上?那小伙子长得也特别,不像船上其他小伙子,脸白溜溜的。女孩子们还留心到,他甩掉衬衫,身上也是白的,在太阳下晒一天也不黑。唏,她们心里肯定道：他皮肤是天生的白呢！他那对大大的、水灵灵的眼睛里，透出一股男子汉大丈夫的英俊神气，还有那腰身，细不细粗不粗的，尤其胸肌鼓囊囊，结结实实的……

女孩子们上船卖草有个规矩，哪个人先上了哪只船卖草，其他人就不上去了，哪怕码头上来的只是一只船也这样，除非先上船的女孩子和你相好，拉你上船卖草，要不就是抢生意了，抢生意的人会让人瞧不起，大家都疏远、避开她。

这次破例了，云花借姑娘们嫉妒桂香的机会，怂恿她们拥上了桂香先上的小木船。云花心想：我一直以为你桂香心眼儿好，宁可自己吃亏，也让别人得利呢，哪知，你心里想的……呸，也该用镜子照照自己啥模样！她想压倒桂香！

桂香可不是好压倒的。云花招呼姑娘们，想抢在桂香前头上船卖草，早上起个大早上了山，钻进松林里，把大辫子朝脖子上一绕，豁劲地耙搂着草，脸上淌了汗也顾不得擦一把。尽管这样，桂香耙搂的草还是比她们多，那草在她的耙子下，简直像耙搂不完似的，搂走一块，又来一块，不上四十耙子，一个草个子就捆扎起来了。她们慌了。云花想出了一个点子，几个人把草集中起来，捆扎成三个草个子，大家轮流背，抢在桂香前头下山。云花想，这草到船上卖个低价钱，非叫桂香上不了船！

到船边，她们嘻嘻哈哈乐作一团，相互瞧瞧，见对方没有注意自己，偷偷地、慌慌忙忙地理理额上的黑发，抿抿鬓角；有的整整衣服……

哪知，踏上船，她们吃了个闭门羹。人家说，"我们有草哪！"

一时，她们心里那个气愤劲啊，别提有多大了：这船不是昨天才靠岸吗？大脚板昨天背两趟草就够哪？不要，不要拉倒，八毛钱一百斤，别的船上人还抢不到手！

桂香下山了。她背草走上船，那小伙子的妈妈喜得两眼眯成一条缝,隔着好远,张着两手,乐颠颠地迎过来,嘴里不住说道:"闺女,累了吧?快歇下……"小伙子捧着一碗开水,笑眯眯地走过来,说:"喝白糖水吧。"

云花见了,气得咬牙切齿,恨恨地白一眼桂香,"呸呸"地啐上两口唾沫。

这天,姑娘们卖完草,云花向她们招招手,她们挤作一团,咬咬耳朵,嘻嘻哈哈乐上一阵子,像一群吵闹不休的山雀,喊喊喳喳,朝船上那小伙子家搭在岸上的跳板上拥过去。

宽宽、结实的跳板,被她们一行人站上去压弯了,成了月牙状,她们在上面叽叽嘎嘎地哼着小曲儿。在船头上整理缆绳的小伙子被惊动了,掉头瞅一下,又忙自个的活计了。小伙子的妈妈蹲在一边烧饭。她们围住老太婆。云花偷偷瞟瞟小伙子,对着小伙子的妈妈,努着小嘴,甜津津地说:

"大妈,我们想喝碗开水。"

"你们坐,我倒去。"老太婆喜笑颜开端过一摞碗,给他们挨个沏了茶。

云花把一个头上别着一朵月季花、扎着大辫子的姑娘推到老太婆跟前,笑着问道:"大妈,她好看吗?"

老太婆瞟一眼她,"好看,好看。"

她们"咯咯"地笑起来。云花喜滋滋地说:"她叫小俊儿呢。"说着,又推过一个姑娘,问漂亮不漂亮,老太婆又说:"好看。"她又推出几个姑娘,老太婆都说模样不孬。她又站在老太婆面前,两手理着大辫子,笑着问:"常卖草给你家的桂香模样怎样呀?"老太婆点点头,乐呵呵地说:"都好看……"

云花噘嘴了,"大脚板那个样子怎能和我们比……"

小伙子摇着小木船走了。桂香背草下山被她们包围了。她们阴一句阳一句地撅起咸腔:

"大脚板，他走哪！什么时候回来呀？"

"假小子，你怎没跟他走呀？到南京、上海逛逛呀……"

她们疏远着桂香。清早，云花当着桂香的面，招呼她们上山，一路上有说有笑的，云花笑声最响亮，她存心让桂香心里难受。桂香独自落在后边，冷冷清清的。中午，在山涧里吃饭，她们互相交换好吃的，谁也不看坐在一边溪水旁吃着干粮的桂香；爬坡时，她要帮人背草人家都不理睬。晚上，她们成群结队热热闹闹地去文化馆看小戏，桂香独自寂寞地在文化馆门外转圈子。她委屈极了。但她没有向云花说出什么，说什么呢，说出来云花还更笑话呢。

我们街巷上的夏天晚上纳凉真舒服，天不冷不热的。海面上吹来的风挺大，在马路边、家院里，纳凉的老头老婆子从不用摇扇子；睡觉时，腰间还要盖件衣服，生怕不小心冻出病来。

街巷马路上的几盏白炽灯不怎么亮堂，昏蒙蒙的。桂香站在电灯光晕下，大辫子乌溜溜的，宽宽的肩膀显得那么坚实。她望着小码头上的灯火，想起那个小伙子，想起那使她难受委屈的事。

我的街巷是多情的。桂香也是多情的。那天，她上船卖草，一块五毛钱卖一百三四十斤草，那船上小伙子和老太婆嫌贵，别的女孩子卖两块五毛钱一百斤草呢！桂香又让一步，说卖一块钱，他们还是嫌贵。最后，桂香知道老太婆的男人和闺女得了病，家里很穷，指望儿子和他撑船挣钱过日子和治家里人的病。桂香一声没吭，一分钱没收，丢下草走下船。以后，小伙子的船只要来了，泊在哪儿桂香就会把草背到哪儿，一分钱不收，她一个月这样做，两个月还是这样做了。

转眼秋凉了，那小伙子的小木船又来了。桂香背草上去，一眼看见小木船上有了新变化，装置了柴油机，老太婆不在船上，替换上一个十八九岁的姑娘。小伙子递给桂香一沓钱，眼里含着笑，说：

"我妈妈千叮咛万嘱咐,让我一定把这钱还你。"

桂香抬手理了理额上汗渍渍的黑发,说:"你们把我们小镇上人看成什么人了……"

小伙子笑呵呵的,露出一口白晶晶的牙齿,"现在咱家日子好起来了,爹和妹妹治好了病。爹有手艺,在家里办起白铁社,妹妹跟我撑船,咱家每月收入几十块钱呢……"

桂香没有收下钱,背上草,朝前面最远最远的一只船走去。

小伙子呆呆地盯望着她,半晌,一甩手,懊恼地耷拉下头:唉,妈妈还说这女孩子心里有我呢,我们家就需要这样实心眼、能干活的儿媳妇,可人家心里……

海边泛着碎碎的细浪……

云花眼尖,发现了小伙子给了桂香钱。街巷上炸开了窝:撑船人和大脚板订婚啦,撑船人送给她有六七百块钱呢!

女孩子们拥进桂香家,七嘴八舌地朝桂香她妈讨喜糖吃。她们那边刚走,桂香这边来家了,妈妈絮絮叨叨地说起桂香的不是。桂香一口咬定,没有那回事!

桂香不上那小伙子的船了!小伙子老远望见桂香走来,立马把跳板铺得平平整整,稳稳实实,等待桂香上来。可桂香从他眼前走过去了。一天两天都是这样,小伙子两手抃住腰,满脸通红,站在船上,望着她向远远的船走去。

云花瞅出蹊跷来了,一跺脚,心里骂道:骚劲简直没有地方搁了!订了婚,还扭扭捏捏,给谁看的!假正经,背地里骚劲还不知怎样大呢……

云花的鬼点子多得小木船装不完,她抿抿嘴,心里冒出一个点子:好,你桂香不上他的船,我来上,让你急得心痒痒。她身上背着草,快步朝小伙子船边走去,刚抬步要上跳板,船上小伙子弓下腰,猛地把跳板抽上了船。云花闹得脸上比五月里的月季花还要红。

小伙子的心完完全全被桂香抓去了，直愣愣地在船上站了一个下午，两眼带着火，盯望着桂香远远卖草的地方。

桂香卖草回来，天都黑了。那小伙子在一个僻静的地方拦住她，大声大气地质问道："过去你能给我送草，现在花钱买你的草为什么不上去，我有什么地方对不住你？"

桂香一手捏住辫子，一手拿住绳子，声音很大地说："那时你家买不起草，我送你草，现在你家有钱了，买哪个人的草都行，我这草就随便卖了。"

他紧紧地抿住嘴唇，半晌，突然说："那我把船撑到你卖草的前边去……"

她一笑，"那随你便……"

桂香把辫子朝后轻轻地一摆，走了。

他急了，脱口喊道："等等。"

桂香收住步子。

小伙子站在她面前，心蹦蹦跳着，两手搓着，憋了半天，红头红脸地说："我妈喜欢你，她让我对你说的。我，我……"

桂香浑身不自然了，两脚不由自主地朝前走，嘴里说："我，我人不好看……"她步子越走越快，话越说越紧，"我不会到小镇外的……"

她匆匆走着，刚拐过一个巷口，一个大辫子姑娘猛地搂住她，桂香吓得浑身激灵一下。大辫子姑娘笑了："我是云花。"

"云花！"桂香惊喜地叫起来。

云花抱着桂香肩膀，心里难过极了。她静悄悄跟着桂香走多次了，心想，桂香和那小子搞对象说不定能闹出点笑话来，那她就能报仇雪恨了。刚刚，一路跟着桂香走过来，小伙子和桂香说的话她全听清楚了。她懊悔了。

云花抬起头，抹下鼻涕，用手揩揩眼泪，说："桂香姐，我对不住你,全是我不好……"

桂香搂住云花,笑了,"云花,也怨我,该向你说清楚……"

一弯新月从东山顶上爬出来了,明晃晃的,桂香和云花沐浴在淡淡的月色里。桂香看见云花头上有几根松毛针,抬手拿下来;云花也看见桂香头上有几根松毛针,也给轻轻拈下来……

第二天清早,云花起得很早,领着几个女孩子,嘻嘻哈哈拥进桂香家里,招呼桂香上山。

中午,那小伙子的船静静地泊在原地方,他没有把船撑到桂香卖草的前边去。怎么一回事,不知道。然而,上船的踏板铺得稳稳实实的……

女孩子们下山了。桂香背着草,朝最远最远的一只船走去,云花一步不落地紧紧跟上她,其他女孩子也都跟了上来。桂香拽过云花,低低地说:"云花,那小伙子船上没人去,你去……"

"你去,你去。"云花不等桂香说完话,连连说。

桂香说:"真的呢,你长得好看,他也好看,你俩……"

"不听,不听。"云花脸上飞起两朵红云,两手捂紧耳朵,连连晃头。

"嘻嘻嘻……"海边撒满甜美的笑声。

笑声很响亮,那船上小伙子被惊动了,按捺不住地钻出舱,两眼望着远去的桂香,望着背草的女孩子们,望着小镇……

上山拾柴草,在山溪里歇息抓小虾充饥,到海边船上卖草,是我海边生活和记忆的组成部分。这是一段让我纠结又感到轻松快乐充满浪漫的生活。里面的人物是真实的,也有我的感受,我曾经的经历,只不过是把我这个男孩子换成了女孩子。这是一个人必然面临的人生阶段。我写她们,是感到海给了她们清纯和明朗,是在写青春和自然美的诗歌,是在抒发人生的暖意,人间爱的芬芳。今天现代工业化、市场化的光芒的确万丈,人创造的文明成了桎梏自己的镣铐,像我的街巷那清新的海风和自由明亮的白云,已渐行渐远,起码我是看不到了,只能成为失落、破裂的梦幻,只能成为唉声叹气。我重温往事,也许海之灯能从心灵中唤回当代人拥抱自然美,拥有自然精神。

离不开的海

我的街巷能称得上是一条河,因为流向大海,流经很多看似鸡毛蒜皮、碌碌平庸的事情,可走近细细一品味,再看去,是一个可以咀嚼的故事,回头还能再看看的风景。

第一个故事:拾獾子。

吃了早饭,我与水柱扛着扁担绳上山拾柴火。

深秋的山,五彩斑斓,满目枯草。水柱跟在我的屁股后面,一声不吭。

拐过一块峭岩。

"哎哟!"水柱忽地惊叫一声。

我回头一看,水柱满脸喜色,手里拎着一只死獾子,喊道:"二子,在这里拾的,肯定是被什么东西咬死的。"

我的心像被戳了一刀似的难受。那死獾子有五六斤重,如果熬成治烧伤、烫伤的油,到街上去卖,能赚不少钱,是挑回去几担草不能比的。水柱好运气,三天不上山拾柴火也合算了。我惋惜,只怨自己没福气,为什么走在他前面没有看到死獾子,早知道该让水柱走前头,我就拾到死獾子了。

中午,挑着草担回到家中,我担心妈妈见水柱捡到了死獾子,会嗔我,说我呆,为什么人家拾到死獾子,你怎么没拾到。我错了,妈妈什么话也没有说。我暗想，水柱他妈妈知道獾子油金贵，邻居家大人小孩常有烫了手烧了脚的，即使想用獾子油换钱也不会好意思的。

獾子到底还是被水柱他妈妈卖了。

我心里挺难受的，为没有拾到獾子难受，为水柱的幸运难受，为水柱他妈妈贪图一点儿蝇头小利难受。

谁知道，我妈妈买了那只死獾子，花了8块钱。妈妈脸上洋溢着笑容，说："熬成油，要是有谁家人伤了脚烫了手的尽管来用。"

听了这话，我心头的阴霾一下子荡涤得一干二净，敞亮亮的。

第二个故事：桃子。

傍晚，眼看着就要掌灯时分，妈妈叫我回家。

哥哥睡在床上，身上起满了一粒一粒的肉疙瘩，痒痒的。妈妈说是哥哥踩上"鬼脚印"了，催促我去桃树林里摘些嫩桃叶来，据说用嫩桃叶擦身上的"鬼脚印"一擦就会好。

深秋的桃树林里，看不见桃子，泛黄的叶子摇摇欲坠，桃树林里凄凄戚戚。

我攀上了一棵如伞的矮墩墩的桃树。嫩叶子在梢头，我就朝那里攀爬，拨开一簇叶子，惊喜地看见细枝末节上吊着一枚拳头般大的桃子。这季节，被人反复搜索过几遍的桃树林里还有一个桃子，我兴奋的心差点从口里蹦出来。那个桃子，像一轮太阳，耀花了我的眼睛。我摘下桃子，装进衣袋。

跑到家里，我把桃子给哥哥吃，他不依，让我吃。我在手中反复摩挲桃子，舍不得吃。我把桃子藏在一个秘密的地方，想慢慢享用。不久，桃子竟烂了，我很伤心。我把烂桃子随便扔到一个地方。我很快忘记了烂桃子。

次年的一场春雨后，扔桃子的地方，挺出粉嫩的一株桃树苗，两瓣新芽，烘托着一个硕大的核子。我扔弃的烂桃子又长出来了！

第三个故事：滑轮车。

梦想是要追随人一辈子的。

我十二三岁了，天天梦想着乘滑轮车去北京。北京是这个世界上最让我惦念的地方。毛主席生活、工作的地方给我一种神圣感、神秘感、幸福感。做过无数个北京梦，想象过无数遍天安门城楼和天安门广场的模样，觉得北京辉煌耀目，遥不可及，也只能想想，一辈子也不可能去。

我生活的海边小镇，坐落在山坡上，大路小路都是斜坡，汽车少、自行车少，上街爬坡，我们上学也爬坡。突然间，镇上的很多孩子有了滑轮车，一块方正的木板下，装上三个滑轮，坐上去，有人从背后用力一捅，滑轮车在一条溜光的水泥路上像汽车一样朝前奔去，这成为孩子们眼热抢手和炫耀的宝贝疙瘩。

我的想象开始了，乘滑轮车去北京。我十足相信自己的聪明，自己动手做一个自动的滑轮车，速度超过自行车，能坐三个人，一星期开到北京天安门。我瞄上了二叔家正在用的一个大滑轮，信心十足地筹划，只要有了这个大滑轮，自动车一准是做成了。悄悄地，我拿到了大滑轮，白天黑夜忙碌装配自动车。结果可想而知，失败了，我脑袋真像霜打的茄子耷拉下来了。我的小房间地上，丢满丧气的木板、螺丝、铁钉、滑轮、铁丝。

人在长，梦想在长。我乘滑轮车去北京的梦想一直在长着。港口码头上有解放牌卡车去新浦，我心动了，想坐车，想享受坐汽车的颠簸，享受在飞快行驶的车上迎风欣赏路过的风景，看着路上的行人驻足仰慕。我把坐汽车看成是乘滑轮车，不是去七十里路外的新浦，而是去远方，远方就离北京不远了。

汽车去新浦都在大清早。要搭车的人几乎都与司机熟识，只有司机点了头才能上车。我不认识司机,低头待在一边,怕司机盯上撵我走开。汽车刚开动的瞬间,我突如其来地扒上车。车子奔驰着,我昂首挺胸,让强劲的晨风抚摸,豪情满怀。我想到了我的"滑轮车",当年如果制造出来在路上跑的话就是这个样,疾跑如飞,迎面的风扑来会睁不开眼睛,两边的柳树会呼啸着向后边退跑。

汽车让我大开眼界,连呼过瘾,心旷神怡。回来的路上,它与暴风雨、电闪雷鸣较着劲赛跑。闪电暴躁着追逐,大风嗷嗷吼叫狂赶着,乌云滚滚地挤压着,粗野的骤雨歇斯底里地紧撵着要拍打车子。骤雨始终没有追上车子,我和车上的人终于没有淋成落汤鸡,我对汽车的四只轮子刮目相看,对司机充满敬意。我爱起了汽车,我爱汽车上的每一块木板、每一颗螺丝钉,我爱司机乘坐的手握方向盘的驾驶室,我爱汽车油箱里散发出来的如花如兰的汽油芬芳。

梦想是不老的,是年轻漂亮的。后来,我坐火车去北京,人坐火车心骛"滑轮车"。

北京十里长安街上,车水马龙,轿车如织,爱车的人尽情欣赏起各式各样颜色、款式、型号的轿车。我走在北海公园的人行道上,迷恋起三三两两的孩子,他们如同一尾尾小鱼,在人群夹缝间娴熟、灵巧地踏乘着滑轮车……

第四个故事:山外山。

儿时,我望山,很高很气派。

我想,爬到山尖上手能够到天,那就是世界上最高最高的人了。我巴望快快长大,爬上山尖。

第一次跟着哥哥上山拾柴火,爬上了山尖。呀,山尖确实高,山下,大房子变成了小房子,马路变成了一条窄窄的小河。在山尖上朝四周望了望,山外还有山,比脚下的山还要高还要大,在白云里时隐时现。我想,那山该是最高最大的了,它那边应该不会再有更高更大的山了。

长大了，我去那山外的山。

天晴。风轻。云淡。伫立在山尖看山，山都矮，脚下的山最高。啊，我站在了地球上最高的地方了。

想不到，后来我又看到了五指山、黄山、太行山、峨眉山、华山、井冈山、庐山……层峦叠嶂，一山高过一山……

我永远站不到绝对高的山尖上。我想，浩浩宇宙，银河系不算最大的系，太阳不算最大的星球，也许火星里有比珠穆朗玛峰还要高的山。

地球是宇宙里的一个村。人呢？

第五个故事：红方巾。

上小学二年级，班主任叫许娟。她说一口流利的普通话，白净净的脸上闪耀着一双黑白分明的大眼睛，不高的个子，却修长，后脑勺挂着一对长长的大辫子。

我和同学们喜欢和许老师在一起，她教我们唱歌、朗诵诗歌、拍小皮球、跳绳，还给我们讲故事。我们常到她寝室里，她像待大人一样，拿家乡的土特产款待我们。

许老师是外地人。我们这小镇在山旮旯里，人都不愿来，许老师是主动要求来的。她的男朋友也是外地人，我们有一种预感，哪一个早晨，她会突然离开我们的学校，回家去。

在许老师的寝室里，我眼光常常落在晾绳上挂着的一条红方巾上，许老师上课偶尔肩上披着它。红方巾红得如火，红得刺眼，映衬着许老师圆润的脸，她显得愈加好看。许老师珍爱红方巾，这是男朋友送给她的，平日舍不得披，只有出远门或过节时才用上。

几场滂沱大雨，山溪涨满了。水清清的，妈妈她们抱着成摞的衣呀被单呀来搓洗。

许老师也来了，洗那红方巾。她和妈妈她们说笑，谈我，谈同学。

不小心，激流冲走了许老师手中的红方巾，她一边失声喊起来，一边追赶红方巾。妈妈她们也喊，也追。红方巾在水流里忽隐忽现，忽地，跌下峭壁，落进深潭。许老师愣愣地失神看着深潭里被激流冲击起来翻腾的浪花。

"许老师，我帮你去捞出红方巾。"我对许老师喊了一声。

在潭里反复地潜水，捞呀摸呀，始终没有找到红方巾。同学们都来潭里摸，红方巾还是不见踪影。

记不清是五天，还是十天，我在潭水里终于找到了红方巾，兴冲冲跑到学校找许老师，她不在。她调走了，丢了红方巾的第二天走的。我心里有一种闷闷不乐的缱绻的感情……

第六个故事：掬上一捧海水。

上苍把我降临到连云港海边时，我身上就烙着海的不可改变的印记。海让我看到无边无际的世界，听到生命最美丽的脉跳声响。海告诉我，平坦的大路尽头肯定有陡峭的高山，流火的夏季过去不一定是凉风送爽的秋天；海教我为什么跋涉沙漠，但不要忘了带上一壶水，仰躺在海面上，但一定要睁着眼睛。我呛过不少海水，当时很苦涩，也许对海的敬畏感情就是因为有过苦涩的滋味，随着年龄天天长，嘴里留有的苦涩，慢慢咀嚼，竟清香满口了。

我是离不开海了，一千次、一万次重复地踩走在沙滩上，流连身后的脚印，那真的是如诗如画，可惜呀，海浪洇湿、覆盖了它。

潮涨潮落，其实就是人生。海风告诉我，当你的心里能装下海时，就能带上行囊远行了。我多想心里能装下海呀，也许一辈子装不下，那我能掬上一捧海水，背上行囊远行吗？

大海是平的，甚至一个人、一只蚂蚁都高于波涛。可是，巍然屹立的群山，起始于大海，拥戴浩浩渺渺、平平淡淡的大海。

大海越大越平衡、越平凡，对万类万物也平视。我的小镇人看起来平凡，但做出的事情一点儿不平凡。

跋：
乡愁的鲜花

离开了乡愁，没有文学，没有文学的美。

乡愁是忧伤的表情。曹雪芹的乡愁是林黛玉的忧伤，川端康成的乡愁是伊豆舞女的忧伤，马尔克斯的乡愁是奥雷连诺上校的忧伤。

我的乡愁是对失去故园的忧伤。

四十年前的一个冬季，旧年即将结束，新年元旦马上来临时，我高中毕业下放农村插队，离开了故园，从此，踏上了漫漫的乡愁之旅。

乡愁是永无止境的爱的长夜，是好不了的也弥补不了的不幸的伤痛，也是看不到爱情也听不见爱情声音而眼睛饱含着热泪的倾诉。

离开家了，我就没有看到"家"，没有看到铺满青石板的小镇上简陋的"家"，没有看到低矮的红瓦房上几丛在肆无忌惮的海风中挣扎摇曳的枯瘦的蒿草，没有看到父亲用碎砖砌筑起来的烟囱，没有看到像父亲母亲眼睛一般含着浑浊泪水的深邃、沧桑、黑洞洞的窗口，没有看到父亲用棍棒绑扎起来的篱笆门，还有家院里弯脖子的梨树、栀子树上开满溢彩飘香的白花……

是当代文明的强烈烛光灼伤了我的眼睛，让我看不见了遥远的家，听不见了家的声音。

故园变了，我不敢相认了。儿时的记忆没有了，金灿灿的沙滩哪去了？浪花飞卷的礁石哪去了？崎岖坎坷的石板羊肠小道和淙淙流水的山涧哪去了？

童年的声音丢失了，海风吹在我身上没有了过去的感觉。儿时真好，海风像母亲的手，抚在身上，轻轻柔柔，搔痒般舒坦。

爬到山上，我眺望远海，仰望天上一朵朵轻轻飘着的白云，才慢慢地找到一点儿故园的背影。

看着无声无息的大海，看着山下如画的风景，看着进出港口的巨轮和大路小路上如蚁般忙碌的人，我愁楚地想，时间是文明的剪刀，剪掉了过去，留下了现在和明天。不过，时间的剪刀是剪不掉生长在土地里的乡愁。乡愁等待时间，乡愁像鲜花一样四季常开。

我眼睛在层出不穷的高楼群里像大海里捞针一样，想努力捡到已不复存在的属于我的一点儿土地，找到我那开门的钥匙。失望了，我没有找到，不知道钥匙丢失在什么地方了。我想，家也有老的时候？家也会老得生长出白发？我的家还能记得他出门许久的孩子吗？我已不再年轻，两鬓霜白，记忆渐衰，家还能记得我？

见到了家，不再年少的儿子也会老来还童，家也会重新年轻的，少年的花又会开放，把家的钥匙递给我，敞开香味，向着虔诚回来的我。

我如此敏感家的衰老和年轻，敏感家的昏黄的一豆烛火，能不能在风雨中久燃不熄……

我仰头看着天上的白云，海涛一般的感情在心中汹涌拍击，是呀，我忧伤的热泪，也许只有天上的云朵不断掉下来才能揩干……

也许，我写的《连云小镇》能揩去自己眼睛里一些泪水。苍凉之中，我获得了一种遥远的心境。